7.

Las aventuras de Mowgli

Colección dirigida por

Francisco Antón

Rudyard Kipling

Las aventuras de Mowgli

Ilustraciones
Inga Moore

Traducción
José Luis López Muñoz

Notas y actividades
Francisco Antón

Vicens Vives

Diseño gráfico: ETS i UTS

Primera edición, 2001
Primera reimpresión, 2002

Depósito Legal: B. 554- 2002
ISBN: 84-316-5944-0
Núm. de Orden V.V.: O-654

Títulos originales: «*Mowgli's Brothers*», «*Kaa's Hunting*», «*Tiger, Tiger!*»

© HODDER CHILDREN'S BOOKS
Sobre las ilustraciones
© INGA MOORE
Sobre las ilustraciones
© JOSÉ LUIS LÓPEZ MUÑOZ
Sobre la traducción
© FRANCISCO ANTÓN
Sobre las notas y actividades
© VICENS VIVES PRIMARIA, S.A.
Sobre la presente edición según el art. 8 de la Ley 22/1987.

IMPRESO EN ESPAÑA
PRINTED IN SPAIN

Editorial VICENS VIVES. Avda. de Sarriá, 130. E-08017 Barcelona.
Impreso por Gráficas INSTAR, S.A.

Índice

Las aventuras de Mowgli

Los hermanos de Mowgli

Ahora Chil el milano trae la noche en sus alas
porque Mang el murciélago la ha dejado escapar.
En rediles y apriscos se recoge el ganado,
pues hasta que amanezca los campos serán nuestros.
Es la hora del poder, el tiempo del orgullo;
ahora reinan la zarpa, la garra y el colmillo.
¡Escucha la llamada: que tengan buena caza
todos los que respetan las leyes de la selva!

Canción nocturna de la selva

Eran las siete de un atardecer muy caluroso en las colinas de Seoni[1] cuando papá lobo despertó de su larga siesta, se rascó, bostezó y estiró sus patas una tras otra, porque tenía la sensación de que todavía estaban dormidas. Mamá loba, tumbada en el suelo, cubría con su gran hocico gris a sus cuatro lobeznos, que tropezaban, caían y chillaban sin parar, mientras la luna iluminaba la boca de la cueva donde vivía la familia.

—¡Grrr! —dijo papá lobo—. ¡Ya es hora de volver a cazar!

Y ya se disponía a lanzarse colina abajo cuando una leve sombra provista de una cola muy tupida cruzó el umbral[2] y gimió:

—Que la buena suerte te acompañe, jefe de los lobos, y que les dé colmillos sanos y fuertes a tus nobles hijos, para que nunca se olviden de los que pasan hambre en este mundo.

Era el chacal, Tabaqui el rebañaplatos, al que los lobos de la India desprecian porque va de un lado para otro metiendo cizaña y contando chismes y devorando los trapos y pedazos

---

1 El distrito de **Seoni** se encuentra en una cordillera del centro de la India. Es un territorio con abundantes bosques, bañado por el río Wainganga.

2 **tupida**: con el pelo abundante y muy junto; **umbral**: entrada.

de cuero que encuentra en los basureros de las aldeas.[3] Pero los lobos también le temen, porque Tabaqui, más que cualquier otra criatura de la selva, es propenso a enloquecer, y entonces se olvida de que alguna vez ha sentido miedo de nadie y corre por el bosque dando mordiscos a todo lo que se le pone por delante. Hasta el tigre se apresura a esconderse cuando el pequeño Tabaqui pierde la cabeza, pues la locura es la mayor desgracia que puede ocurrirle a una criatura de la selva. Nosotros la llamamos hidrofobia, pero ellos la llaman *dewani* ('la locura') y echan a correr.[4]

—Si lo deseas, puedes entrar a rebuscar —dijo papá lobo con frialdad—, pero te aseguro que aquí no hay comida.

—Para un lobo, no —replicó Tabaqui—, pero, para una criatura tan pobre como yo, un hueso mondo y lirondo es todo un festín. ¿Quiénes somos nosotros, los *gidur-log* ('el pueblo de los chacales'), para andarnos con remilgos?

El chacal se deslizó hasta el fondo de la cueva, donde halló un hueso de ciervo con un poco de carne, y se puso a triturarlo alegremente.

—Muchas gracias por tan buena comida —dijo después, relamiéndose—. ¡Qué hijos tan nobles y hermosos! ¡Qué ojos más grandes tienen! ¡Y qué jóvenes son todavía! Claro, claro, debía haber recordado que los hijos de los reyes son hombres hechos y derechos desde el momento en que nacen.

---

3 El **chacal** es un animal carnívoro parecido al perro que tiene fama de ser muy cobarde. Suele ir tras los pasos de los leones y otros felinos para roer los despojos de los animales que aquellos abandonan tras devorarlos, pues el chacal se alimenta sobre todo de carroña.

4 La **hidrofobia** o **rabia** es una enfermedad infecciosa que afecta a los perros y otros animales salvajes. Se contagia a través de la mordedura y suele provocar la muerte de la persona o el animal que es mordido. En este relato la llaman *locura* porque los animales infectados por la rabia suelen estar inquietos e irritables y muerden a la menor provocación.

Tabaqui sabía de sobra que no hay nada tan nefasto[5] como alabar a los pequeños cuando ellos están delante, y le agradó comprobar que sus elogios habían puesto nerviosos a papá lobo y mamá loba. Contento con el daño que había hecho, guardó silencio unos instantes y luego añadió con toda la mala intención:

—Shier Kan el Grande ha cambiado de cazadero. Me ha dicho que durante la próxima luna buscará sus presas por estas colinas.

Shier Kan era el tigre que vivía cerca del río Wainganga, a treinta kilómetros de distancia.[6]

—¡No tiene ningún derecho! —replicó muy enfadado papá lobo—. Según la ley de la selva, no puede cambiar de territorio sin avisar como es debido. Asustará a toda la caza en quince kilómetros a la redonda, y yo…, yo tengo que cazar para dos en estos momentos.

—Por algo su madre le puso Lungri ('el cojo') —dijo mamá loba sin alterarse—. Es cojo de nacimiento, por eso nunca ha cazado otra cosa más que ganado. Ahora los campesinos del Wainganga están furiosos con él, y Shier Kan viene a nuestro territorio para enfurecer también a los campesinos de aquí. Darán una batida por la selva para capturarlo cuando ya esté muy lejos, y nosotros y nuestros hijos tendremos que huir, porque los hombres incendiarán la maleza. ¡Desde luego que no nos faltan motivos para estar agradecidos a Shier Kan!

---

5 **nefasto**: muy malo porque perjudica mucho o trae malas consecuencias.

6 **Shier Kan** (*Shier* significa 'tigre' y *Kan* es un título de distinción) es un tigre de Bengala, felino muy fuerte y feroz de unos dos metros de largo y un peso que alcanza los 280 kgs. Suele vivir en el bosque y en las zonas pantanosas, y le encanta nadar. Caza por la noche toda clase de animales, pero solo en ocasiones ataca al hombre, sobre todo si el tigre es viejo, está impedido o herido, o ha devorado previamente ganado.

—¿Queréis entonces que le transmita vuestra gratitud? —preguntó Tabaqui.

—¡Largo de aquí! —bramó papá lobo—. ¡Márchate a cazar con tu amo! ¡Ya has hecho bastante daño por esta noche!

—Ya me voy —respondió Tabaqui sin inmutarse—. ¿No oís a Shier Kan más abajo entre la espesura? Podría haberme ahorrado la molestia de traeros la noticia.

Papá lobo aguzó el oído, y, desde el fondo del valle que descendía hasta el riachuelo, oyó la queja áspera, furiosa y monótona de un tigre que no ha cazado nada y al que no le importa que se entere toda la selva.

—¡Menudo imbécil! —exclamó papá lobo—. ¿A quién se le ocurre empezar una noche de caza con semejante escándalo? ¿Acaso piensa que los ciervos de estos bosques son como los bueyes gordos del Wainganga?

—¡Calla! —replicó mamá loba—. No son bueyes ni ciervos lo que Shier Kan ha salido a cazar esta noche: va buscando a un ser humano.

La queja se había transformado en un ronquido agudo y persistente que parecía surgir desde los cuatro puntos cardinales. Era ese ruido que desconcierta a los leñadores y a los gitanos que duermen al raso y que a menudo los hace correr tan a ciegas que acaban por meterse en la misma boca del tigre.

—¡Un hombre! —dijo papá lobo, enseñando todos los dientes—. ¿Es que no hay suficientes escarabajos y ranas en los estanques como para que tenga que comerse a un ser humano? ¡Y encima en nuestros cazaderos!

La ley de la selva, que nunca ordena nada sin una buena razón, prohíbe a todos los animales comer carne humana, excepto cuando matan para mostrar a sus cachorros cómo deben hacerlo, y en ese caso tienen que cazar siempre lejos del territorio de su manada o de su tribu. El verdadero motivo de esa prohibición es que, cuando se matan seres humanos, tarde o temprano acaban por irrumpir en la selva grupos de cazadores blancos montados en elefantes, armados con fusiles y acompañados de cientos de criados de piel negra que cargan con gongs,[7] cohetes y antorchas. Cuando eso sucede, todos los habitantes de la selva sufren. Sin embargo, la excusa que los animales se dan entre sí para no matar hombres es que el ser humano es la criatura más débil e indefensa de todas y atacarle es, por lo tanto, un acto indigno de un buen cazador. También dicen (y es verdad) que los devoradores de hombres enferman de sarna y pierden los dientes.[8]

El ronroneo fue haciéndose cada vez más fuerte y terminó con el sonoro «¡Aaarg!» que profiere el tigre cuando se abalanza sobre su presa. Al instante resonó un gañido. Era un gañido impropio de un tigre, pero lo había lanzado Shier Kan.

—Ha fallado —dijo mamá loba—. ¿Qué habrá sucedido?

Papá lobo se alejó unos cuantos pasos de la caverna y oyó que Shier Kan refunfuñaba entre dientes de muy mal humor mientras se revolcaba por la maleza.

—Al muy estúpido —gruñó papá lobo— no se le ha ocurrido nada mejor que saltar sobre el fuego de un campamento de leñadores, y se ha quemado las patas. Tabaqui está con él.

—Algo sube por la colina —advirtió mamá loba, enderezando una oreja—. Prepárate.

Los matorrales crujieron levemente, y papá lobo se agazapó, listo para saltar. Entonces, de haber estado allí, habríais

---

7 **gong**: disco grande de metal que se golpea con un mazo para que suene.
8 La **sarna** es una enfermedad de la piel que produce unas heridas con pus e intenso picor. No es cierto, sin embargo, que los animales que devoran seres humanos enfermen de sarna y pierdan los dientes.

visto la cosa más asombrosa del mundo: un lobo que se detiene a mitad de un salto. Y es que papá lobo dio un brinco antes de ver qué era lo que se acercaba y luego trató de detenerse en seco. El resultado fue que subió más de un metro en el aire para volver a caer casi en el mismo sitio.

—¡Un ser humano! —exclamó—. ¡Un cachorro de hombre, míralo!

Delante de él, agarrado a una rama baja, había un niñito moreno y completamente desnudo que apenas sabía andar. Era la criatura más tierna y delicada que jamás se haya presentado de noche ante la caverna de un lobo. El niño miró a papá lobo y se echó a reír.

—¿Es eso un cachorro de hombre? —preguntó mamá loba—. Nunca he visto uno. Tráelo aquí.

Un lobo acostumbrado a llevar a sus cachorros de un lado para otro podría llevar un huevo en la boca sin romperlo. Por eso, aunque las mandíbulas de papá lobo se cerraron sobre la espalda del niñito, ni un solo diente le arañó la piel mientras lo colocaba entre los lobeznos.

—¡Qué pequeño, qué desnudo y… qué valiente! —dijo mamá loba con dulzura mientras el niño se abría paso entre los cachorros para arrimarse a la piel tibia de la hembra—. ¡Vaya, se ha puesto a comer con los demás! De manera que esto es un cachorro de hombre. ¡Apuesto a que ningún lobo ha podido presumir nunca de tener uno entre sus crías!

—He oído hablar de algún caso parecido, pero nunca en nuestra manada ni en mi época —respondió papá lobo—.[9] No

---

9 En la India hay testimonios de personas que han conocido a niños criados por lobos. Según se dice, estos niños caminaban a cuatro patas y eran tratados por la madre loba como uno más de sus hijos. Al reintegrarse con los seres humanos, no hablaban ni sonreían, evitaban el trato con las personas, eran muy sucios y a menudo se comportaban salvajemente.

tiene ni pizca de pelo y bastaría que le diese un golpe con una pata para matarlo; pero ya ves: nos mira sin ningún miedo.

Una sombra oscureció el resplandor de la luna que entraba por la boca de la caverna: la gran cabeza cuadrada y los anchos hombros de Shier Kan acababan de asomarse a la entrada. Tabaqui, que seguía al tigre, chilló:

—¡Mi señor, se ha metido ahí, mi señor!

—Shier Kan nos honra sobremanera con su visita —dijo papá lobo, aunque en sus ojos brillaba la indignación—. ¿Qué va buscando Shier Kan?

—Mi presa —respondió el tigre—. Un cachorro de hombre que venía en esta dirección. Sus padres han huido. Entregádmelo.

Tal y como había dicho papá lobo, Shier Kan acababa de saltar sobre el fuego de un campamento de leñadores y estaba furioso por el dolor de las quemaduras en las patas. Pero papá lobo sabía que la boca de la cueva era demasiado estrecha para que pudiese pasar un tigre. Incluso en el sitio donde estaba, a Shier Kan le faltaba espacio para moverse con libertad, como le sucedería a un hombre que tratara de pelearse con otro dentro de un barril.

—Los lobos son un pueblo libre —dijo papá lobo—. Obedecen las órdenes del jefe de su manada, y no las de un asesino de ganado con la piel a rayas. El cachorro de hombre es nuestro… y si se nos antoja matarlo, lo haremos.

—¡Si se os antoja! ¿Qué es eso de que si se os antoja? ¡Por el buey que maté!, ¿es que tengo que meter el morro en vuestro maldito cubil[10] de perros para que se me devuelva lo que es mío? ¡Soy yo, Shier Kan, quien está hablando!

---

10 **cubil**: guarida, lugar cubierto o cueva que sirve de vivienda a las fieras.

El rugido del tigre resonó en la cueva como un trueno. Mamá loba se separó de sus cachorros, saltó hacia adelante y clavó sus ojos, semejantes a dos lunas verdes en la noche, en los ojos llameantes de Shier Kan.

—Y soy yo, Raksha ('el demonio'), quien te contesta. ¡El cachorro de hombre es mío, Lungri, mío y de nadie más! Nadie lo matará. Vivirá para correr y para cazar con la manada y, al final (escúchame bien, cazador de cachorrillos indefensos, devorador de ranas, asesino de peces), ¡al final te cazará a ti! Y ahora, fuera de aquí, o, por el sambar[11] que maté (porque yo no me alimento de ganado famélico[12] como tú), te prometo que volverás junto a tu madre más cojo de lo que viniste al mundo. ¡Largo de aquí, chamuscada bestia de la selva!

Papá lobo contempló a su esposa con asombro. Ya casi había olvidado los días en que la había conquistado en buena lid frente a otros cinco machos; la época en la que su compañera corría con la manada y en que todos la llamaban «el demonio», y no precisamente para hacerle un cumplido. Quizá Shier Kan habría peleado contra papá lobo, pero no se enfrentaría a mamá loba, pues sabía que en su cueva ella tenía todas las de ganar y lucharía a muerte. De manera que el tigre retrocedió, abandonando la boca de la cueva entre gruñidos.

—¡Todos los perros ladran en el patio de su casa! —rugió una vez fuera— . Ya veremos lo que dice la manada respecto a eso de criar cachorros humanos. El cachorro es mío y al final vendrá a parar a mis dientes, ¡ladrones de cola peluda!

Mamá loba se tumbó jadeante entre los lobeznos, y papá lobo le dijo con acento grave:

---

11 **sambar**: uno de los ciervos de mayor tamaño de la India. Su cornamenta llega a medir más de un metro.
12 **famélico**: hambriento.

—Hay algo en lo que Shier Kan tiene razón: debemos enseñarle el cachorro a la manada. ¿Estás segura de que quieres
quedarte con él, madre?

—¿Quedarme con él? —respondió mamá loba jadeando—.
Ha llegado desnudo, de noche, solo y hambriento y, sin embargo, ¡no tenía miedo! Míralo, ya ha echado a un lado a uno
de mis pequeños. ¡Ese matarife[13] cojo lo habría matado y habría vuelto a toda prisa al Wainganga, logrando así que la
gente de las aldeas viniera a cazarnos a nuestra guarida para
vengarse! ¿Quedarme con él, dices? ¡Ya lo creo que me queda-
ré con él! No te muevas, ranita. Escucha, Mowgli (pues en
adelante te llamaré Mowgli, 'la rana'): llegará el día en que
cazarás a Shier Kan como él ha pretendido cazarte a ti.

—Pero, ¿qué dirá nuestra manada? —preguntó papá lobo.

La ley de la selva establece con claridad que cualquier lobo, cuando funda una familia, puede retirarse del grupo al
que pertenece, pero que tan pronto como sus lobeznos son capaces de tenerse en pie ha de llevarlos al consejo de la manada, que suele celebrarse una vez al mes cuando hay luna llena, a fin de que los otros lobos los reconozcan. Después de la
inspección, los cachorros son libres de correr por donde les
plazca, y hasta que no hayan cazado su primera presa, no se
aceptan excusas de ningún lobo adulto si decide matar a alguno de ellos. El castigo es la muerte inmediata allí donde se
encuentre al asesino y, si os paráis a pensarlo, enseguida com-
prenderéis que tiene que ser así.

Papá lobo esperó a que sus lobeznos fuesen capaces de correr con cierta soltura, y entonces, la noche de la reunión de
la manada, los llevó, junto con Mowgli y mamá loba, al Pe-

---

13 **matarife**: el que mata y descuartiza las reses en el matadero.

ñasco del Consejo, una cima rocosa donde podían ocultarse unos cien lobos. Akela, el lobo solitario,[14] un lobo enorme y gris que había llegado a ser jefe de la manada gracias a su fuerza y astucia, estaba tumbado en su roca; debajo se habían congregado cuarenta o más lobos de todos los tamaños y colores, desde veteranos de color de tejón, capaces de dar cuenta por sí solos de un ciervo adulto, a jóvenes principiantes de tres años y color negro, que también se creían capaces de hacerlo. El lobo solitario llevaba un año como jefe de la manada. Siendo joven, había caído en trampas en dos ocasiones y una vez lo apalearon hasta darlo por muerto, así que conocía bien los usos y costumbres de los seres humanos.

No se hablaba mucho en las reuniones del Consejo. Los cachorros jugaban y se revolcaban en el centro del círculo formado por sus progenitores[15] y, de vez en cuando, un lobo mayor se acercaba en silencio a un lobezno, lo examinaba con cuidado y regresaba a su sitio sin hacer el menor ruido. A veces una madre empujaba a su hijo para que la luz de la luna lo iluminase bien, y de esa manera se aseguraba de que no le pasaba desapercibido a nadie. Desde lo alto de su roca, Akela gritaba:

—Ya sabéis lo que dice la ley, lobos de la manada. ¡Mirad bien!

Y las madres, preocupadas, repetían el llamamiento:

—¡Mirad bien, lobos de la manada!

Por fin (y a mamá loba se le erizó el pelo del cuello cuando llegó el momento) papá lobo empujó a Mowgli, «la rana», como lo llamaban, al centro del círculo, y allí el niño empezó a reír y a jugar con unos guijarros que brillaban a la luz de la luna.

---

14 **Akela** significa precisamente 'solo', de igual modo que **Balu**, nombre del oso pardo del relato, quiere decir 'oso'.

15 **progenitores**: padres.

Akela, sin levantar la cabeza, siguió repitiendo su monótona advertencia:

—¡Mirad bien!

Un rugido ahogado salió de detrás de las rocas. Era la voz de Shier Kan, que gritaba:

—¡El cachorro es mío! ¡Entregádmelo! ¿Qué tiene que ver el pueblo libre con un cachorro de hombre?

Akela ni siquiera movió las orejas, sino que se limitó a repetir:

—¡Mirad bien! ¿Qué tiene que ver el pueblo libre con las órdenes de nadie que no pertenezca al pueblo libre? ¡Mirad bien!

Se oyó un coro de sordos gruñidos y un lobo joven, de poco más de tres años, le devolvió a Akela la pregunta de Shier Kan:

—¿Qué tiene que ver el pueblo libre con un cachorro de hombre?

La ley de la selva establece que, cuando alguien pone en entredicho el derecho de un cachorro a ser aceptado por la manada, deben avalarlo[16] al menos dos miembros del grupo que no sean ni su padre ni su madre.

—¿Quién responde de este cachorro? —preguntó Akela—. ¿Hay algún miembro del pueblo libre dispuesto a hablar en su favor?

Como no hubo respuesta, mamá loba empezó a prepararse para la que sabía que habría de ser su última pelea si las cosas se complicaban. Pero en aquel momento, el único animal de otra especie al que se le permitía asistir al consejo de los lobos (Balu, el soñoliento oso pardo que enseña la ley de la selva a los lobeznos; el viejo Balu, que va y viene donde, como

---

16 **avalar**: responder de una persona comprometiéndose a dar la cara por ella.

y cuando le apetece porque no come más que nueces, raíces y miel) se alzó sobre los cuartos traseros y gruñó:

—¿El cachorro de hombre? ¿El cachorro de hombre, dices? Yo lo avalo. Es un niño inofensivo. Aunque me falta elocuencia,[17] digo la verdad. Que corra con la manada y sea uno más entre todos. Yo mismo seré su maestro.

—Todavía necesitamos a alguien más que responda de él —advirtió Akela—. Ha hablado Balu, que es nuestro instructor de cachorros. ¿Quién más quiere tomar la palabra?

Una sombra negra se deslizó dentro del círculo. Era Baguira, la pantera, toda ella negra como el carbón, pero con unas marcas características de su especie que a cierta luz se asemejan a las aguas del moaré.[18] Todo el mundo conocía a Baguira, y nadie se atrevía a enfrentarse con ella, porque era tan astuta como Tabaqui, tan audaz como el búfalo salvaje y tan peligrosa como un elefante herido. Sin embargo, tenía una voz tan dulce como la miel silvestre que gotea desde un árbol, y una piel más suave que el plumón.

—Jefe Akela, y vosotros, miembros del pueblo libre —ronroneó—. Carezco de derechos en vuestra asamblea, pero la ley de la selva dice que, si existen dudas acerca de un cachorro, y ninguna de ellas tiene que ver con un delito de sangre, se le puede comprar. Y la ley no especifica quién ha de pagar el precio. ¿Estoy en lo cierto?

—¡Sí, sí! —dijeron los lobos jóvenes, que siempre están ham-

---

17 **elocuencia**: facultad de hablar bien.

18 **moaré**: tela de seda que produce reflejos (**aguas**). La **pantera**, o leopardo, es un agilísimo felino al que le gusta trepar a los árboles y almacenar en sus ramas los restos de los animales que caza. Aunque suele ser de color amarillento con manchas oscuras a modo de rosetas, hay una variedad de color negro y manchas también negras que recibe por ello el nombre de **pantera negra**.

brientos—. ¡Escuchad a Baguira! Al cachorro se le puede comprar: lo dice la ley.

—Como sé que no tengo derecho a hablar aquí —dijo Baguira—, pido vuestro permiso para hacerlo.

—¡Habla entonces! —exclamaron veinte voces.

—Matar a un cachorro indefenso es una vergüenza. Por otro lado, tal vez os resulte útil en la caza cuando sea mayor. Balu ha hablado en favor suyo. Si, de acuerdo con la ley, aceptáis al cachorro de hombre, a las palabras de Balu añadiré yo un toro, y bien gordo, que acabo de matar a menos de un kilómetro de aquí. ¿Alguna objeción?

Se produjo un clamor de docenas de voces que decían:

—¿Por qué no? A fin de cuentas, lo achicharrará el sol o morirá en cuanto lleguen las lluvias del invierno. ¿Qué daño puede hacernos una rana desnuda? ¡Que corra con la manada! ¿Dónde está el toro, Baguira? ¡Aceptémoslo!

Y entonces volvió a oírse el profundo aullido de Akela:

—¡Mirad bien, lobos de la manada!

Tan entretenido estaba Mowgli con sus guijarros que no se se dio cuenta de que los lobos se acercaban uno tras otro a contemplarlo. Al cabo, todos bajaron de la colina en busca del toro muerto, de manera que en la cima solo quedaron Akela, Baguira, Balu y los padres adoptivos de Mowgli. Shier Kan siguió rugiendo durante buena parte de la noche, de tan enfurecido como estaba porque no se le había entregado al niño.

—Ruge todo lo que quieras —murmuró Baguira—, porque, o yo no sé nada de los seres humanos, o llegará un día en que esta criatura indefensa te hará rugir en otro tono bien distinto.

—Ha sido una decisión acertada —concluyó Akela—. Los hombres y sus cachorros son muy sabios, y quizá llegue a sernos de ayuda con el tiempo.

—Desde luego que sí: puede ser una buena ayuda cuando lleguen tiempos difíciles —dijo Baguira—. A fin de cuentas, nadie puede dirigir eternamente la manada.

Akela no respondió. Estaba pensando en lo que les sucede a todos los jefes de manada cuando pierden fuerzas y van debilitándose día tras día hasta que los otros lobos acaban con ellos y surge un nuevo jefe, que también perecerá entre las zarpas de los suyos cuando le llegue la hora.

—Llévatelo —le dijo Akela a papá lobo—, y adiéstralo como corresponde a un miembro del pueblo libre.

Y así fue como Mowgli se incorporó a la manada de los lobos de Sioni, a cambio de un toro y gracias a las palabras que Balu pronunció en su favor.

Ahora tendréis que contentaros con pasar por alto diez u once años e imaginar la maravillosa vida que Mowgli llevó entre los lobos, porque si se hubiera de escribir toda entera llenaría demasiados libros. El cachorro de hombre creció con los lobeznos, si bien ellos, por supuesto, se convirtieron en lobos casi antes de que Mowgli llegara a ser un niño. Papá lobo le enseñó cuanto sabía y le explicó el significado de todas las cosas de la selva, hasta que cada susurro de la hierba, cada soplo de aire tibio en la noche, cada grito que lanzaba el búho desde una rama, cada chirrido que producían las garras de un murciélago al posarse en un árbol y cada gota de agua que salpicaba un pececillo al saltar en una charca, eran tan importantes para Mowgli como el trabajo de oficina para un hombre de negocios. Cuando no estaba aprendiendo algo, se tumbaba al sol y dormía; luego comía y volvía otra vez a dormirse. Cuando quería asearse o tenía calor, nadaba en las lagunas del bosque, y cuando quería miel (Balu le había explicado que la miel y las nueces eran manjares tan suculentos[19] como la carne cruda) trepaba para buscarla tal y como Baguira le había enseñado. La pantera se tumbaba en una rama y lo llamaba: «Ven aquí, hermanito», le decía. Al principio, Mowgli se aferraba al árbol como lo hace el perezoso,[20] pero con el tiempo aprendió a lanzarse de rama en rama con una audacia semejante a la del mono gris. Cuando la manada se reunía en el Peñasco del Consejo, ocupaba su sitio como los demás; allí descubrió que si miraba fijamente a cualquier lobo, éste acababa por bajar los ojos, de manera que se acostumbró a mirarlos por pura diversión.[21] A veces sacaba largas espinas de las patas de sus amigos, porque los lobos sufren mucho con las espinas y los abrojos[22] que se les clavan. De noche bajaba a las tierras de cultivo, y miraba con mucha curiosidad a los campesinos en sus chozas, pero desconfiaba de ellos, porque una vez Baguira le había mostrado una caja cuadrada con una tabla abatible y le había explicado que aquello era una trampa: estaba tan astutamente escondida entre la espesura que Mowgli estuvo a punto de caer en ella.

Para el muchacho, nada era más agradable que adentrarse con Baguira en el tibio y oscuro corazón del bosque, dormitar durante el día y ver cazar a la pantera por la noche. Baguira mataba a diestro y siniestro cuando tenía hambre, y lo mismo hacía Mowgli, con una sola excepción: tan pronto como tuvo edad para entender las cosas, Baguira le explicó que nunca

---

19 **manjares suculentos**: alimentos muy sabrosos.
20 El **perezoso** es un mamífero de medio metro de longitud que se mueve lentamente y trepa por los árboles aferrándose al tronco con sus pezuñas.
21 Muchos animales evitan mirar —o, simplemente, bajan la mirada— a otros más poderosos que ellos o de jerarquía superior. La mirada fija de Mowgli nos revela su poder y superioridad respecto a los animales.
22 **abrojo**: planta de fruto espinoso.

debía tocar el ganado, puesto que el muchacho había sido comprado con la vida de un toro.

—La selva entera es tuya —dijo Baguira—, y puedes matar todo aquello que tus fuerzas te permitan, pero, en memoria del toro que te compró, nunca debes matar ni comer ganado joven o viejo. Ésa es la ley de la selva.[23]

Mowgli siempre obedeció con escrúpulo aquel mandato.

Y así fue creciendo, lleno de fuerza, como es lógico en alguien que aprende de modo natural, sin darse cuenta de que está aprendiendo, y que no tiene más preocupación que la de procurarse comida.

Mamá loba le dijo una o dos veces que Shier Kan no era de fiar y que algún día él tendría que matarlo. Un lobo joven se habría acordado de aquella advertencia a todas horas, pero Mowgli la olvidó porque no era más que un muchacho; aunque, a decir verdad, si hubiera hablado alguna de las lenguas de los hombres, se habría definido a sí mismo como un lobo.

En la selva, Shier Kan se cruzaba de continuo en el camino de Mowgli, porque, a medida que Akela fue envejeciendo y perdiendo fuerzas, el tigre cojo se hizo muy amigo de los lobos más jóvenes de la manada, que lo seguían para comerse sus sobras, algo que Akela nunca habría permitido de haberse atrevido a imponer su autoridad como le correspondía. Shier Kan los adulaba, maravillándose de que unos jóvenes cazadores de tan probada habilidad aceptaran tener como jefes a un lobo moribundo y a un cachorro de hombre.

—Me cuentan —les decía Shier Kan— que en la asamblea no os atrevéis a sostenerle la mirada.

---

23 El ganado es sagrado para los hindúes, de ahí que se critique a Shier Kan por atacar el ganado indefenso y que Baguira advierta a Mowgli que no debe matar ni consumir carne de ganado.

Y, al oír aquello, a los lobos jóvenes se les erizaba el pelo y se deshacían en gruñidos.

Baguira, que tenía ojos y oídos en todas partes, sabía algo de lo que estaba sucediendo, y una o dos veces le dijo a Mowgli que, si no se andaba con cuidado, Shier Kan acabaría por matarlo un día u otro. Pero Mowgli se reía y contestaba:

—Cuento con la manada y te tengo a ti; y Balu, aunque es muy perezoso, también podría dar un zarpazo o dos para defenderme. ¿Por qué he de tener miedo?

Un día muy caluroso, a Baguira se le ocurrió una idea, nacida de algo que había oído. Quizá se lo había contado Sahi el puerco espín, pero el caso es que se lo dijo a Mowgli cuando estaban en el corazón de la selva y el muchacho se encontraba tumbado en el suelo, con la cabeza apoyada sobre la hermosa piel negra de Baguira.

—Hermanito, ¿cuántas veces te he dicho que Shier Kan es tu enemigo?

—Tantas como cocos hay en esa palmera —dijo Mowgli, que, como es lógico, no sabía contar—. ¿Qué más da? Tengo sueño, Baguira, y Shier Kan no es más que un charlatán que tiene la lengua tan larga como la cola..., al igual que le sucede a Mao, el pavo real.

—Ahora no es momento de dormir. Balu lo sabe, lo sé yo, lo sabe la manada y lo saben hasta los ciervos, que son un poco tontos. Incluso Tabaqui te lo ha dicho.

—¡Ja! —exclamó Mowgli—. Tabaqui vino hace poco a decirme con muy mala idea que yo no era más que un cachorro de hombre que no servía ni para sacar trufas de la tierra, pero lo agarré por el rabo y lo lancé dos veces contra una palmera para enseñarle mejores modales.

—Pues eso fue una tontería, porque, si bien es verdad que

a Tabaqui le encanta meter cizaña, tal vez podría haberte dicho algo que te interesa mucho. Abre los ojos, hermanito: Shier Kan no se atreverá a matarte en la selva, pero no olvides que Akela es ya muy viejo y que pronto llegará el día en que no logre matar a un ciervo, y entonces dejará de ser el jefe de la manada. En cuanto a los lobos que te examinaron en la primera asamblea a la que asististe, muchos también son viejos, mientras que los jóvenes creen, porque así se lo ha enseñado Shier Kan, que en la manada no hay sitio para un cachorro de hombre. Y dentro de poco serás un hombre.

—¿Y por qué no puede correr un hombre con sus hermanos? —preguntó Mowgli—. Nací en la selva, siempre he obedecido su ley y no hay un solo lobo al que no le haya sacado alguna espina. ¡Nadie va a decirme que no son mis hermanos!

Baguira se estiró cuan larga era y entrecerró los ojos.

—Hermanito —dijo—, toca aquí, debajo de mi mandíbula.

Mowgli alzó una de sus manos morenas y fuertes, y, justo debajo de la sedosa barbilla de Baguira, donde los grandes músculos elásticos quedaban ocultos por el lustroso[24] pelo, encontró una pequeña calva.

—Nadie en la selva sabe que Baguira lleva esta marca, la señal del collar. Y es que yo nací entre los hombres, y entre los hombres murió mi madre, en las jaulas del palacio del rey en Udaipur.[25] Por eso pagué por ti en la asamblea cuando no eras más que un cachorrito indefenso. Sí, también yo nací entre los hombres. No había visto nunca la selva. Me tenían en-

---

24 **lustroso**: brillante.
25 El distrito de **Udaipur** se halla a unos seiscientos kilómetros de Seoni, el lugar donde transcurren las aventuras de Mowgli. En 1887, Kipling visitó el palacio del maharajá de Udaipur, en cuya casa de fieras admiró a una pantera negra que, según el escritor, era el "Príncipe de la Oscuridad".

tre rejas y me daban de comer en una escudilla[26] de hierro hasta que una noche me di cuenta de que era una pantera y no un simple juguete de los hombres. Entonces rompí el absurdo candado de un zarpazo y me escapé; y como había aprendido los métodos de mis antiguos amos, llegué a ser más terrible en la selva que Shier Kan. ¿No es cierto?

—Sí —dijo Mowgli—. Toda la selva teme a Baguira; todos excepto Mowgli.

—Tú eres un cachorro de hombre —dijo la pantera negra con gran ternura—, y de la misma manera que yo volví a mi selva, también tú debes volver con los hombres, pues ellos son tus hermanos; eso si antes no te matan en la asamblea…

—Pero… ¿por qué iba nadie a querer matarme? —preguntó Mowgli.

—Mírame —dijo Baguira.

Mowgli la miró con fijeza. Al cabo de medio minuto la gran pantera había apartado los ojos.

—Ésa es la razón —dijo Baguira mientras tendía una zarpa sobre las hojas—. Ni siquiera yo resisto tu mirada, pese a que nací entre hombres y pese al amor que te tengo, hermanito. Los otros te odian porque no pueden mirarte a los ojos, porque eres más listo, porque les has sacado espinas de las patas… Porque eres hombre.

—No sabía nada de eso —dijo Mowgli, pesaroso, frunciendo sus espesas cejas negras.

—¿Cuál es la ley de la selva? Golpea primero y pregunta después. Por tu misma despreocupación saben que eres hombre. Pero no te confíes. El corazón me dice que cuando Akela falle (y cada vez que caza le cuesta más acabar con su presa)

---

26 **escudilla**: cuenco, vasija semejante a un tazón de boca ancha.

la manada se volverá contra él y contra ti. Celebrarán un consejo en la roca y entonces... entonces... ¡Ya lo tengo! —exclamó Baguira, incorporándose de un salto—. Ve cuanto antes a las chozas de los hombres en el valle y recoge un poco de la flor roja que cultivan allí, de manera que cuando llegue el momento dispongas de un amigo más fuerte incluso que Balu y que yo y que los miembros de la manada que te aprecian. ¡Anda, ve a buscar la flor roja!

Baguira llamaba «flor roja» al fuego, porque ninguna criatura de la selva llama al fuego por su nombre. A todos los animales les aterra, y por eso inventan cien maneras de nombrarlo.

—¿La flor roja? —dijo Mowgli—. Ah, es esa que crece junto a las chozas de los hombres al atardecer. Conseguiré un poco.

—Así habla el cachorro de un hombre —dijo Baguira con orgullo—. Acuérdate de que crece en pequeños cuencos. Apodérate de uno cuanto antes y guárdalo para cuando lo necesites.

—¡Así lo haré! Pero, ¿estás segura, Baguira mía —dijo Mowgli mientras rodeaba con un brazo el espléndido cuello de su amiga y se miraba en sus grandes ojos—, estás segura de que todo eso es obra de Shier Kan?

—Por el candado roto que me dio la libertad, te aseguro que así es, hermanito.

—Entonces, por el toro que sirvió para salvarme, te prometo que voy a saldar mis deudas con Shier Kan, e incluso es posible que le pague con creces —dijo Mowgli, y se marchó a todo correr.

«He ahí un hombre, todo un hombre», dijo Baguira para sus adentros, y volvió a tumbarse. «Ah, Shier Kan, ¡nunca tuviste peor ocurrencia que la de salir a la caza de esta pequeña ranita hace diez años!».

Mowgli se alejó por el bosque y, mientras corría a toda velocidad, el corazón le brincaba en el pecho. Llegó a la cueva familiar cuando se levantaba la bruma del atardecer, recobró el aliento y miró en dirección al valle. Los cachorros estaban fuera, pero mamá loba, desde el fondo de la cueva, supo, por la manera de respirar de su ranita, que algo le preocupaba.

—¿Qué sucede, hijo? —preguntó.

—Cotorreos de murciélago de Shier Kan —respondió Mowgli—. Esta noche voy a cazar en los campos de cultivo —añadió, lanzándose entre los matorrales hacia el riachuelo que corría por el fondo del valle.

Una vez allí, se detuvo un momento, porque le llegaron los salvajes aullidos de la manada que estaba cazando, el bramido de un sambar perseguido y el resoplar del animal, revolviéndose al sentirse acorralado. Entonces se oyeron los aullidos crueles y maliciosos de los lobos jóvenes:

—¡Akela, Akela! ¡Dejad que el lobo solitario muestre su fuerza! ¡Dejad paso al jefe de la manada! ¡Salta, Akela!

El lobo solitario debió de saltar y fallar su presa, porque Mowgli oyó el chasquido de sus dientes al cerrarse en el vacío y luego un gañido cuando el sambar le hizo rodar por el suelo con un golpe de sus patas delanteras.

Mowgli no esperó más y siguió adelante. Los aullidos fueron debilitándose a sus espaldas hasta que por fin llegó a las tierras de cultivo donde vivían los hombres.

—Baguira estaba en lo cierto —dijo entre jadeos mientras se acurrucaba sobre un montón de forraje[27] que había bajo la ventana de una choza—. Mañana será un día importante para Akela y para mí.

---

27 **forraje**: pienso que se corta y se da verde al ganado.

Al acercarse más a la ventana pudo contemplar el fuego que ardía en el hogar. Vio cómo la mujer de un campesino se levantaba y alimentaba el fuego durante la noche con trozos de una sustancia negra y, cuando la mañana llegó con sus blancas y frías brumas, vio que el hijo de la familia tomaba un cuenco de mimbre recubierto por dentro de tierra, lo llenaba con trozos de carbón al rojo vivo, lo tapaba con una manta y se dirigía al establo para cuidar de las vacas.

«¿Así que eso es todo?», se dijo Mowgli. «Si lo puede hacer un cachorro como ése, entonces no hay nada que temer».

De modo que en dos zancadas dobló la esquina de la choza y le salió al encuentro al muchacho, le quitó el cuenco y desapareció en la bruma mientras el chico aullaba despavorido.

—Se parecen mucho a mí —dijo Mowgli, soplando sobre las ascuas, tal y como le había visto hacer a la mujer—. Esta cosa morirá si no la alimento.

De manera que echó ramitas y trozos de corteza seca sobre aquella sustancia roja. A media colina, se encontró con Baguira; sobre su piel, las gotas del rocío brillaban como diamantes.

—Akela ha fallado —dijo la pantera—. Habrían querido matarlo anoche, pero también te necesitaban a ti. Te han estado buscando por la colina.

—He ido a las tierras cultivadas de los hombres. Ya estoy preparado. ¡Mira!

Mowgli alzó el recipiente con el fuego.

—¡Muy bien! Pero yo he visto cómo los hombres arrojaban una rama seca ahí dentro y en seguida florecía la flor roja en su extremo. ¿No te da miedo?

—¿Por qué me habría de dar miedo? Recuerdo ahora, si es que no lo he soñado, que, antes de ser lobo, me tumbaba junto a la flor roja, que daba calor y era agradable.

Durante todo aquel día, Mowgli permaneció en la cueva familiar, cuidando de su fuego y echándole ramas secas para ver cómo ardían. Encontró una rama que le satisfizo, y al anochecer, cuando Tabaqui apareció por la cueva y le dijo con muy malos modos que los lobos solicitaban su presencia en el consejo, se echó a reír, y no dejó de hacerlo hasta que Tabaqui se marchó a todo correr. Luego se encaminó hacia el Peñasco del Consejo, sin dejar de reír.

Akela, el lobo solitario, permanecía recostado a un lado de la roca, en señal de que la jefatura de la manada estaba vacante,[28] y Shier Kan, rodeado por su cortejo de lobos alimentados de sobras, se paseaba de un lado para otro entre la adulación de sus acólitos.[29] Baguira se tumbó junto a Mowgli, que se colocó el fuego entre las rodillas. Cuando todos estuvieron reunidos, Shier Kan empezó a hablar, algo que nunca se habría atrevido a hacer cuando Akela estaba en su plenitud.

—No tiene derecho a hablar aquí —susurró Baguira—. Dilo. Es un hijo de perros. Ya verás como se asusta.

Mowgli se puso en pie de un salto.

—Pueblo libre —exclamó—, ¿acaso es Shier Kan el jefe de la manada? ¡A ningún tigre le importa quién ha de ser nuestro jefe!

—Como aún no se ha decidido quién debe ser el jefe y se me ha pedido que hable… —empezó Shier Kan.

—¿Quién te lo ha pedido? —dijo Mowgli—. ¿Acaso somos todos chacales, para adular a este matarife de ganado? Solo la manada puede decidir quién debe ser su jefe.

---

28 **vacante**: libre.

29 **adulación**: cosas agradables que se hacen o dicen a alguien para que haga lo que a uno le interesa; **acólito**: partidario, servidor.

Se oyeron gritos que decían: «¡Silencio, cachorro de hombre!» y «¡Dejadle hablar! ¡Ha respetado siempre nuestra ley!».

Finalmente se impusieron los lobos más ancianos de la manada:

—¡Dejad que hable el lobo muerto!

Cuando un jefe de manada falla su presa recibe el nombre de «lobo muerto» durante el resto de su vida, que no suele ser muy larga.

Akela alzó su vieja cabeza con aire de fatiga.

—Pueblo libre —dijo—, y también vosotros, chacales de Shier Kan: durante doce años he dirigido la caza y durante ese tiempo ni un solo lobo ha caído en una trampa o ha quedado mutilado.[30] Pero ahora he fallado. Todos sabéis bien que ha sido a causa de una conspiración. Sabéis cómo me llevasteis hasta un macho que pusiera al descubierto mi debilidad. Fuisteis muy listos. Es cierto que tenéis derecho a matarme aquí y ahora, en el Peñasco del Consejo. Así que solo tengo una pregunta que hacer: ¿quién va a poner fin a la vida del lobo solitario? Porque exijo, de acuerdo con la ley de la selva, que vengáis de uno en uno.

Se produjo un largo silencio, porque a ningún lobo le apetecía tener un duelo a muerte con Akela. De pronto, Shier Kan rugió:

—¡Bah! ¿Qué nos importa ese necio desdentado? ¡Está condenado a morir! Es el cachorro de hombre quien ha vivido demasiado. Pueblo libre, ¡sabéis que desde el principio estaba destinado a servirme de alimento! ¡Entregádmelo! Estoy harto de esta locura del hombre lobo. Lleva diez años causando problemas en la selva. Entregadme al cachorro de hombre, o

---

30 **quedar mutilado**: perder una parte del cuerpo, como una pierna.

36

de lo contrario os prometo que cazaré siempre aquí y no os dejaré un solo hueso. Es un hombre, un hijo de hombre, ¡y lo detesto con toda mi alma!

Entonces más de la mitad de la manada aulló:

—¡Es un hombre! ¡Es un hombre! ¿Qué pinta un hombre entre nosotros? ¡Que se vaya con los suyos!

—¿Y que vuelva contra nosotros a todos los habitantes de las aldeas? —clamó Shier Kan—. No. Entregádmelo a mí. Es un ser humano, y ninguno de nosotros es capaz de sostenerle la mirada.

Akela volvió a alzar la cabeza y dijo:

—Ha comido de nuestros alimentos. Ha dormido con nosotros. Ha ojeado la caza para nosotros. Ha respetado siempre la ley de la selva.

—Además, yo pagué un toro por él cuando se le aceptó. Un toro no vale demasiado, pero el honor de Baguira es algo por lo que quizá esté dispuesta a luchar —dijo la pantera con su voz más amable.

—¡Un toro pagado hace diez años! —gruñó la manada—. ¿Qué nos importan unos huesos roídos hace diez años?

—¿Tampoco os importa faltar a una promesa? —dijo Baguira, mostrando sus blancos dientes—. ¡Con razón os llaman el Pueblo Libre!

—Ningún cachorro de hombre puede convivir con los habitantes de la selva —rugió Shier Kan—. ¡Entregádmelo!

—Es hermano nuestro en todo menos en la sangre —prosiguió Akela—, y, sin embargo, ¡seríais capaces de matarlo aquí mismo! A decir verdad, he vivido ya demasiado. Sé que algunos de vosotros os alimentáis de ganado, y de otros he oído decir que, siguiendo las lecciones de Shier Kan, aprovecháis las noches oscuras para robar niños en las puertas de las chozas.[31] Me consta, por lo tanto, que sois cobardes y que estoy hablando a cobardes. Sé que voy a morir, y que mi vida carece ya de todo valor: de lo contrario, la ofrecería a cambio de la del cachorro de hombre. Pero, por el honor de la manada (una cuestión sin importancia que habéis olvidado por falta de jefe), os prometo que, si dejáis que el cachorro de hombre regrese con los suyos, no opondré resistencia cuando me llegue el momento de morir. Moriré sin luchar. Eso le ahorrará al menos tres vidas a la manada. Más no puedo hacer; pero, si aceptáis mi propuesta, os ahorraré la vergüenza de matar a un hermano que no ha cometido delito alguno, un hermano que tuvo su defensor y por quien se pagó el precio debido, de acuerdo con la ley de la selva, cuando se incorporó a nuestra manada.

—¡Es un hombre! ¡Es un hombre! —gruñó la manada; y la mayoría de los lobos se fueron agrupando alrededor de Shier Kan, que empezaba a mover la cola.

—El asunto queda en tus manos —le dijo Baguira a Mowgli—. Nosotros ya no podemos hacer nada más, salvo luchar.

Entonces Mowgli se irguió, con el cuenco de fuego en las manos. Luego extendió los brazos y bostezó delante de la asamblea, pero su corazón estaba lleno de indignación y de tristeza, porque los lobos, muy de acuerdo con su manera de ser, nunca le habían dicho lo mucho que lo detestaban.

—¡Escuchadme! —gritó—. No es menester que sigáis con vuestro parloteo perruno. Esta noche me habéis repetido tantas veces que soy un hombre que habéis acabado por convencerme de que estáis en lo cierto. Por eso, y a pesar de que por mi gusto habría sido lobo entre vosotros hasta el fin de mis

---

31 Al parecer, en la India los lobos se llevaban cada año a cientos de niños, lo que dio origen a muchas historias sobre niños criados por lobos.

días, no volveré a llamaros hermanos, sino *sag* ('perros'), como hacen los hombres.[32] Y no vais a ser vosotros los que decidáis qué hay que hacer y qué no hay que hacer. Soy yo quien manda aquí y, para que quede bien claro, yo, como hombre que soy, he traído conmigo un poco de la flor roja que a vosotros, como perros que sois, tanto os atemoriza.

Mowgli arrojó el cuenco con el fuego al suelo, y algunas brasas prendieron una mata de musgo seco, que se encendió con una llamarada e hizo retroceder a toda la asamblea.

Mowgli acercó entonces su rama seca al fuego hasta que las ramitas se encendieron y crepitaron, y luego empezó a agitarla en círculo sobre las cabezas de los acobardados lobos.

—Ahora eres tú el amo —dijo Baguira en voz baja; y luego añadió—: Salva a Akela de la muerte. Siempre ha sido amigo tuyo.

Akela, el viejo y adusto[33] lobo que nunca había pedido la compasión de nadie, le lanzó a Mowgli una mirada lastimera mientras el muchacho, desnudo por completo y con los largos cabellos negros cayéndole sobre los hombros, agitaba la rama encendida que hacía saltar y estremecerse a todas las sombras.

—¡Bravo! —dijo Mowgli, mirando despacio a su alrededor—. Ya veo que no sois más que perros. Os dejo para volver con mi gente, si es que los hombres son mi gente. Desde hoy, la selva se ha cerrado para mí, así que debo olvidar vuestra amistad y vuestra compañía, pero seré más generoso que vosotros. Puesto que solo me ha faltado la sangre para ser hermano vuestro, os prometo que, cuando sea hombre entre los hombres, no os traicionaré como vosotros me habéis traicionado a mí.

---

32 La palabra *sag* significa 'perro', pero es despreciativa. Hay que tener en cuenta, además, que los perros son animales indeseables para los hindúes.

33 **adusto**: serio.

Mowgli le dio una patada al fuego, que llenó el aire de chispas, y prosiguió:

—No habrá guerra entre los miembros de la manada; pero sí hay una deuda que quiero saldar antes de marcharme.

En pocas zancadas, Mowgli se llegó al sitio donde Shier Kan yacía parpadeando como un estúpido ante las llamas y agarró al tigre por el mechón de pelos de la barbilla. Baguira se fue tras él, en previsión de algún percance.

—¡Levántate, perro! —gritó Mowgli—. ¡Levántate cuando te habla un hombre, o te chamusco la piel!

Shier Kan agachó las orejas hasta aplastarlas contra la cabeza y cerró los ojos, porque la rama ardía muy cerca de él.

—Este asesino de ganado dijo que me mataría en la asamblea ya que no pudo hacerlo cuando yo no era más que un cachorro. ¡Así, así es como apaleamos a los perros cuando nos convertimos en hombres! ¡Atrévete a mover un solo pelo de tu bigote, Lungri, y te hincaré la flor roja en el gaznate!

Mowgli golpeó varias veces la cabeza de Shier Kan con la rama, y el tigre gimió y lloró dominado por el miedo.

—¡Bah! ¡Ya te puedes ir, gato chamuscado de la selva! Pero recuerda que la próxima vez que venga al Peñasco del Consejo lo haré como debe hacerlo un hombre, con la piel de Shier Kan sobre la cabeza. Por lo demás, Akela es libre de vivir como quiera. No lo mataréis, porque yo no quiero que lo hagáis. En fin, supongo que no os quedarán ganas de seguir aquí por más tiempo, con la lengua colgando como si fuerais alguien y no unos cuantos perros despreciables a los que ahuyento… ¡así! ¡Largo de aquí!

El fuego ardía con violencia en el extremo de la rama. Mowgli vapuleó con ella a todos los que formaban el círculo, y los lobos corrieron entre aullidos al sentir que las chispas les

quemaban el pelo. Al final, en el peñasco solo quedaron Akela, Baguira y unos diez lobos que estaban de parte de Mowgli. El cachorro de hombre empezó entonces a sentir un dolor en su interior, un dolor como nunca jamás había sentido. Mowgli tomó aliento y sollozó, y las lágrimas le corrieron por las mejillas.

—¿Qué me sucede? —dijo—. No quiero abandonar la selva, y no sé qué es esto que me corre por la cara. ¿Acaso me estoy muriendo, Baguira?

—No, hermanito. Eso no son más que lágrimas como las que derraman los hombres —le explicó la pantera—. Ahora ya sé que eres hombre y que has dejado de ser un cachorro. De aquí en adelante la selva te está prohibida. Déjalas correr, Mowgli: no son más que lágrimas.

De manera que Mowgli se sentó y lloró como si se le fuese a partir el corazón; era la primera vez que lloraba en su vida.

—Ahora me iré con los hombres —dijo—, pero primero he de despedirme de mi madre.

Así que se dirigió a la cueva donde mamá loba vivía con papá lobo, y lloró abrazado al cuello de su madre, mientras los cuatro cachorros aullaban llenos de abatimiento.

—¿Verdad que no os olvidaréis de mí? —preguntó Mowgli.

—Nunca mientras seamos capaces de seguir un rastro —respondieron los cachorros—. Cuando seas hombre, ven al pie de la colina para que podamos hablar contigo, y por la noche nosotros bajaremos a las tierras de cultivo para jugar contigo.

—¡Vuelve pronto! —dijo papá lobo—. ¡Vuelve pronto, ranita sabia, porque tanto tu madre como yo somos ya viejos!

—Vuelve pronto, desnudito hijo mío —repitió mamá loba—, porque, oye lo que voy a decirte, hijo de hombre: te he querido a ti más que a mis cachorros.

—Claro que volveré —respondió Mowgli—, y cuando lo haga será para extender la piel de Shier Kan sobre el Peñasco del Consejo. ¡No me olvidéis! ¡Y decidles a todos los que viven en la selva que tampoco me olviden jamás!

Empezaba a amanecer cuando Mowgli emprendió a solas su camino colina abajo para conocer a esas misteriosas criaturas llamadas hombres.

CANCIÓN DE CAZA DE LA MANADA DE SIONI

Al nacer el día el sambar bramó
¡una vez y otra vez y otra vez!
Y saltó una cierva que llegó al estanque
a beber, a beber, a beber.
Solo yo la he visto desde mi escondrijo
¡una vez y otra vez y otra vez!

Al nacer el día el sambar bramó
¡una vez y otra vez y otra vez!
Y un lobo veloz llevó la noticia
a otros diez, a otros diez, a otros diez.
Con la presa dimos y la derribamos
¡una vez y otra vez y otra vez!

Al nacer el día los lobos aullamos
¡una vez y otra vez y otra vez!
Somos sigilosos, vemos en la noche,
¡mirad bien, mirad bien, mirad bien!
Decidles a todos que corren peligro
¡una vez y otra vez y otra vez!

La caza de Kaa

El leopardo hace alarde de sus hermosas manchas
y al búfalo le gusta presumir de sus cuernos;
sé limpio, pues la fuerza de quien otea y caza
se conoce en el brillo y el color de su pelo.

Si un mal día el sambar te asesta una cornada
o el buey te embiste y caes rodando por los suelos,
no vengas a contármelo, no abandones la caza:
son gajes del oficio y debes padecerlos.

Si en tu senda se cruzan cachorros forasteros,
trátalos como hermanos, como a tu misma sangre,
que a veces el cachorro más torpe y menos fiero
es hijo de una osa que derrocha coraje.

«¡Soy el mejor!», proclama mostrándose orgulloso
el cachorro al cazar a su primera presa;
pero debe ser cauto, pues un simple cachorro
es muy poquita cosa en esta selva inmensa.

Máximas de Balu

Todo lo que aquí os voy a contar sucedió algún tiempo antes de que Mowgli fuese expulsado de la manada de lobos de Sioni y de que se vengara de Shier Kan, el tigre. Era la época en que Balu le enseñaba la ley de la selva. Al enorme, viejo y serio oso pardo le encantaba tener un alumno tan despierto, porque los lobos jóvenes solo aprenden los preceptos[1] de la ley de la selva que se refieren a su manada y a su tribu, y salen corriendo tan pronto como son capaces de repetir de memoria los versos sobre la caza: «Patas que no hacen ruido, ojos que ven en la oscuridad, oídos que oyen los vientos desde sus guaridas y afilados dientes blancos: todas estas cosas son los rasgos por los que se distinguen nuestros hermanos, a excepción de Tabaqui el chacal y de la hiena, a quienes detestamos».[2]

Pero Mowgli, como cachorro de hombre, tenía que aprender bastante más. A veces, Baguira, la pantera negra, se acercaba paseando tranquilamente por la selva para comprobar los progresos de su cachorrillo, y ronroneaba[3] con la cabeza

---

1 **precepto**: mandato, regla.

2 **detestamos**: odiamos.

3 **ronronear**: hacer los felinos un ruido con la garganta cuando están a gusto.

apoyada contra un árbol mientras Mowgli le recitaba a Balu la lección del día. Como el niño trepaba casi tan bien como nadaba y nadaba casi tan bien como corría, Balu, el maestro de la ley, le enseñó las leyes del bosque y del agua: cómo distinguir una rama podrida de otra en buen estado, cómo hablar cortésmente a las abejas silvestres cuando se topaba con una colmena a quince metros de altura, qué decirle a Mang el murciélago cuando lo molestaba al mediodía mientras descansaba colgado de una rama, y cómo avisar a las serpientes de agua antes de zambullirse de cabeza en la laguna en medio de todas ellas. Y es que a ninguno de los habitantes de la selva le gusta que lo molesten, y a las primeras de cambio le dan al intruso su merecido. Más adelante, Mowgli aprendió también el grito del cazador forastero, que los habitantes de la selva deben repetir en voz muy alta, hasta recibir contestación, cada vez que van de caza fuera de su territorio. Traducido, ese grito significa: «Dadme permiso para cazar aquí porque tengo hambre»; y la respuesta que se da quiere decir: «Puedes cazar para alimentarte, pero en modo alguno para divertirte».

Como veis, Mowgli tenía que aprender muchas cosas de memoria, de ahí que a menudo se cansara de repetir cien veces la misma cosa. Pero, tal y como Balu le explicó a Baguira un día en que el oso tuvo que darle un cachete a Mowgli y el muchacho se marchó corriendo y muy enfadado, «un cachorro de hombre es un cachorro de hombre, y ha de aprender de cabo a rabo toda la ley de la selva».

—Pero date cuenta de lo pequeño que es —replicó la pantera negra, que habría malcriado a Mowgli si hubiera tenido ocasión—. ¿Cómo quieres que tus largos discursos le quepan en su pequeña cabeza?

—¿Acaso hay algo en la selva que no vayan a matar por ser pequeño? No. Pues por eso le enseño todas esas cosas y por eso le doy un cachete muy suave cuando las olvida.

—¿Suave? ¿Qué sabes tú de suavidad, viejo zarpas de hierro? —gruñó Baguira—. Hoy lleva la cara llena de arañazos a causa de tu… suavidad. ¡Habrase visto!

—Más vale que tenga el cuerpo lleno de los moratones que le hago yo, que le quiero, a que le pase algo malo por ignorancia —respondió Balu con mucha seriedad—. Ahora le estoy enseñando las palabras clave de la selva que le protegerán en el trato con las aves, con las serpientes y con todos los animales que cazan a cuatro patas, a excepción de los de su propia manada. A partir de ahora, si es capaz de recordar las palabras, podrá pedir protección a cualquier habitante de la selva. ¿Y no habrá merecido la pena recibir algún que otro cachete a cambio de eso?

—Sí, siempre que no seas tú quien acabe con su vida. Mowgli no es ningún tronco en el que afilar tus uñas romas.[4] Pero, dime, ¿qué palabras clave son ésas? En mi caso, es más probable que yo tenga que prestar ayuda antes que pedirla —dijo Baguira mientras estiraba una pata y admiraba sus uñas de color azul metálico, que semejaban afilados cinceles—,[5] pero, de todos modos, me gustaría conocer esas palabras.

—Voy a llamar a Mowgli para que te las repita…, si es que le apetece. ¡Ven aquí, hermanito!

—La cabeza me zumba como una colmena —dijo una voz malhumorada desde lo alto de un árbol; después, Mowgli se deslizó por un tronco, muy enfadado y molesto, y al llegar al

---

4 **romas**: sin punta, sin filo.
5 **cincel**: herramienta de hierro de punta afilada que sirve para trabajar la piedra o el metal.

suelo añadió—: Si vengo es por Baguira y no por ti, Balu, que no eres más que un oso viejo y gordo.

—A mí me da igual por quien vengas —replicó Balu, aunque se sintió herido y triste por el reproche—. Dile a Baguira las palabras clave de la selva que te he enseñado hoy.

—¿Las palabras clave para qué pueblo? —preguntó Mowgli, encantado de poder presumir de sus conocimientos—. La selva tiene muchas lenguas. Y yo las conozco todas.

—Sabes algo de ellas, pero no mucho. Ya ves, Baguira, qué poco agradecidos se muestran con su maestro. No hay un solo lobezno que haya vuelto jamás para dar las gracias al viejo Balu por sus lecciones. Vamos, sabelotodo, di las palabras para el pueblo de los cazadores.

—«Tú y yo somos de la misma sangre» —dijo Mowgli, dando a la frase el acento de oso que usan todos los cazadores.

—Bien. Ahora, las de las aves.

Mowgli las repitió, y les puso fin con el grito propio del milano.[6]

—Ahora las del pueblo de las serpientes —dijo Baguira.

La respuesta fue un silbido del todo indescriptible, tras el cual dio Mowgli una zapateta[7] y aplaudió para felicitarse a sí mismo; después, el muchacho saltó sobre el lomo de Baguira, donde se sentó de lado y tamborileó con los talones sobre la lustrosa piel de la pantera, mientras a Balu le hacía las muecas más desagradables que se le ocurrieron.

—¡Eso es! ¿Ves como valía la pena que te hiciese algún pequeño cardenal? —dijo el oso pardo con ternura—. Algún día me lo agradecerás.

---

6 **milano**: ave rapaz de plumaje rojizo y cola y alas muy largas.

7 **zapateta**: salto en señal de alegría en que se golpea un pie contra otro.

Después, Balu se volvió hacia Baguira para explicarle cómo había suplicado a Hati el elefante salvaje,[8] que lo sabía todo sobre aquellas cosas, que le dijese las palabras clave, y cómo Hati había acompañado a Mowgli a una laguna para que una serpiente de agua le enseñara las palabras de las serpientes, porque Balu no sabía pronunciarlas, y cómo Mowgli estaba ya razonablemente a salvo de todos los peligros de la selva, porque ninguna serpiente, ave o bestia le haría daño alguno.

—O sea que no ha de tener miedo de nadie —concluyó Balu, golpeándose con orgullo su barriga grande y peluda.

—Salvo de su propia tribu… —dijo Baguira en voz baja; y luego, dirigiéndose a Mowgli en voz alta, añadió—: Respeta mis costillas, hermanito. ¿A qué viene tanto baileteo?

Una y otra vez, Mowgli había intentado hacerse oír tirándole a Baguira del pelo y golpeándola con los pies. Cuando los dos animales se dispusieron a escucharle, el muchacho gritaba ya con todas sus fuerzas:

—¡Y yo tendré mi propia tribu y la guiaré por entre las ramas durante todo el día!

—¿Qué nueva locura es ésa? —dijo Baguira—. ¿Ya estás fantaseando?

—Y también —continuó Mowgli— le tiraré palos y porquerías a ese viejo de Balu. Todo eso es lo que me han prometido. ¡Hala!

¡Bam! Un zarpazo de Balu derribó a Mowgli del lomo de Baguira. Al verse entre las enormes patas delanteras de su maestro, el niño comprendió que el oso se había enfadado de veras.

---

8 **Hati** es una de las palabras hindúes para 'elefante'.

—Mowgli —dijo Balu—, has estado hablando con los *bandar-log*, el pueblo de los monos.[9]

Mowgli miró a Baguira para ver si también la pantera estaba enfadada, y comprobó que sus ojos tenían una expresión tan dura como una piedra de jade.

—Has estado con el pueblo de los monos, los monos grises, el pueblo sin ley, los que se lo comen todo. ¡Qué vergüenza!

—Cuando Balu me ha dado de coscorrones —dijo Mowgli, que seguía panza arriba entre las patas del oso—, me he marchado, y los monos grises han bajado de los árboles y me han venido a consolar. Nadie más se ha preocupado de mí —añadió gimoteando.

—¡El consuelo del pueblo de los monos! —rugió Balu—. ¡Es como si me dijeras la quietud de un torrente de montaña o la frescura del sol en el verano! ¿Y qué ha pasado después, cachorro de hombre?

—Después…, después me han dado nueces y otras cosas muy apetitosas, y me han llevado en brazos hasta las copas de los árboles y me han dicho que era su hermano de sangre, aunque no tuviera rabo, y que algún día sería su jefe.

—Los *bandar-log* no tienen jefe —dijo Baguira—. Mienten. Siempre han mentido.

—Han sido muy amables conmigo, y me han pedido que volviera. ¿Por qué no me habéis llevado nunca a ver al pueblo de los monos? Se ponen de pie como yo. No me golpean con patas duras como rocas. Se pasan todo el día jugando. ¡Deja que me levante, Balu! ¡Eres malo, Balu, deja que me levante! ¡Quiero volver a jugar con ellos!

---

9 Los **monos** a los que Kipling se refiere son los **langures**, que tienen el cuerpo, los brazos y la cola delgados y muy largos, viven en grupos numerosos y pasan buena parte del tiempo en los árboles.

—Escucha, cachorro de hombre —dijo el oso con una voz que resonó como el trueno en una noche tormentosa de verano—. Te he enseñado la ley de la selva, que vale para todas sus tribus, a excepción de los monos, que viven en los árboles. Los monos no tienen ley. Son parias.[10] No tienen lengua propia y utilizan palabras robadas que oyen al azar cuando escuchan y espían y vigilan desde las copas de los árboles. Sus costumbres no son como las nuestras. Carecen de jefes. No tienen recuerdos. Fanfarronean y charlan y fingen que son un gran pueblo con un montón de proyectos importantes, pero basta la caída de una nuez para que se echen a reír y se olviden de todo. Nosotros, la gente de la selva, no nos tratamos con ellos. No bebemos donde ellos beben, no vamos a donde ellos van, no cazamos donde ellos cazan ni tampoco morimos donde ellos mueren. ¿Me habías oído hablar alguna vez de los *bandar-log* antes de ahora?

—No —respondió Mowgli con un susurro, porque el bosque se había quedado en silencio tras las palabras de Balu.

—El pueblo de la selva ni habla de ellos ni piensa en ellos. Los monos son muchísimos, malos, sucios y desvergonzados, y su único deseo, si es que tienen algún deseo duradero, es llamar la atención del pueblo de la selva. Pero nosotros no les prestamos atención, ni siquiera cuando nos tiran nueces e inmundicias a la cabeza.

Apenas había acabado de hablar cuando una lluvia de nueces y ramitas cayó de lo alto, al tiempo que se oían toses y aullidos y saltos enfurecidos por entre las copas de los árboles.

---

10 En la India, cuya sociedad está dividida en *castas* o clases sociales de distinta categoría, los **parias** constituyen una clase social muy baja que se dedica a trabajos que nadie quiere hacer y que es despreciada por el resto de la sociedad.

—El pueblo de la selva tiene prohibido todo trato con los monos —dijo Balu—. Prohibido. No lo olvides.

—Totalmente prohibido —repitió Baguira—. Sin embargo, me parece que Balu tendría que haberte prevenido antes contra ellos.

—¿Yo? —exclamó Balu—. ¿Y cómo iba yo a imaginarme que Mowgli acabaría jugando con esa basura? ¡El pueblo de los monos! ¡Vaya porquería!

Una nueva lluvia de pequeños proyectiles cayó sobre sus cabezas, y los dos animales se alejaron al trote, llevándose a Mowgli con ellos.

Lo que Balu había dicho sobre los monos no podía ser más cierto. Vivían en las copas de los árboles y, como las bestias rara vez levantaban la vista, los caminos de los monos y del pueblo de la selva no se cruzaban nunca. Sin embargo, cada vez que veían un lobo enfermo o un tigre o un oso heridos, los monos lo atormentaban, y arrojaban palos y nueces a cualquier animal sin más propósito que divertirse y hacerse notar. Después aullaban y cantaban a voz en grito canciones sin ningún sentido e invitaban a los habitantes de la selva a trepar a los árboles y a pelear con ellos, o emprendían furiosas batallas entre sí por cualquier tontería, y después dejaban a los monos muertos donde el pueblo de la selva pudiera verlos. Siempre estaban a punto de escoger un jefe y de desarrollar leyes y costumbres propias, pero nunca lo lograban, pues su memoria era incapaz de retener nada de un día para otro. Sin embargo, trataban de disimular su incompetencia[11] con un dicho: «Lo que los *bandar-log* piensan hoy lo pensará toda la selva más adelante», y con eso se consolaban. Ningún otro ani-

---

11 **incompetencia**: incapacidad de alguien para hacer algo.

mal podía alcanzarlos, aunque tampoco les prestaba la más mínima atención, de ahí que se pusieran tan contentos cuando Mowgli fue a jugar con ellos y les contó lo enfadado que estaba Balu.

No se habían propuesto pasar de ahí, pues los *bandar-log* jamás se proponían nada, pero a uno de ellos se le ocurrió una idea que le pareció brillante, y les dijo a los demás que sería útil retener a Mowgli en su tribu, porque era capaz de entrelazar ramas con las que protegerse del viento; de manera que, si lo capturaban, podrían obligarlo a que les enseñase a hacerlo. De hecho, Mowgli, como hijo de leñador que era, había heredado los instintos de sus padres, y solía construir pequeñas chozas con ramas caídas sin pararse a pensar dónde había aprendido aquella habilidad; en cambio, los monos, que lo acechaban desde los árboles, se quedaban fascinados con el entretenimiento del chico. Esta vez, dijeron, iban a tener de verdad un jefe y se convertirían en el pueblo más sabio de la selva; tan sabio que todo el mundo se fijaría en ellos y los envidiaría. Por eso siguieron a Balu, Baguira y Mowgli por la selva sin hacer ruido hasta que llegó la hora de la siesta. Entonces Mowgli, que se sentía muy avergonzado, se echó a dormir entre la pantera y el oso, decidido a no volver a tener tratos con el pueblo de los monos.

De lo que pasó después, lo primero que Mowgli recordaba eran unas manos duras, fuertes y pequeñas que lo sujetaban por las piernas y los brazos, y luego un golpear de ramas contra su cara, y de repente se encontró ya en lo alto, mirando hacia abajo a través de las hojas que se balanceaban, mientras Balu despertaba a toda la selva con sus sonoros gritos y Baguira, de un salto, se encaramaba al tronco mostrando todos sus dientes. Los *bandar-log* aullaban con aire de triunfo y se alejaron atropelladamente hacia las ramas más altas, adonde Baguira ya no se atrevía a seguirlos.

—¡Se ha fijado en nosotros! —gritaban—. ¡Baguira se ha fijado en nosotros! Todos los habitantes de la selva admiran nuestra habilidad y nuestra astucia.

Acto seguido emprendieron la huida, y la huida del pueblo de los monos por el reino de los árboles es algo imposible de describir. Tienen sus propios caminos y atajos, que suben y bajan por la ladera y se encuentran a quince, veinte o treinta metros sobre el suelo, y pueden viajar por ellos incluso de noche si es preciso. Dos de los monos más fuertes sujetaban a Mowgli por los sobacos y saltaban con él por las copas de los árboles, dando brincos de hasta seis o siete metros. De haber ido solos, habrían avanzado el doble de rápido, pero el peso de Mowgli les restaba velocidad. Aunque aturdido y mareado, el muchacho disfrutó con aquella alocada carrera, si bien a veces le asustaba descubrir lo lejos que quedaba el suelo, y las terribles paradas y sacudidas al final de cada salto le ponían el corazón en un puño. Una vez tras otra sus captores lo llevaban a toda velocidad hacia lo más alto de un árbol, hasta que Mowgli sentía las ramas más finas crujiendo y doblándose bajo su peso, y entonces se lanzaban al vacío con un fuerte resoplido, primero hacia adelante y después hacia abajo, hasta volver a colgarse con las manos o los pies de las ramas más bajas del árbol siguiente. En ocasiones, Mowgli divisaba kilómetros y kilómetros de inmóvil selva verde, como un marinero en lo alto de un mástil[12] ve toda la extensión del mar; luego, las ramas y las hojas volvían a golpearle en la cara cuando el muchacho y sus dos guardianes bajaban de nuevo casi

---

12 **mástil**: palo largo en donde se sujetan las velas de un barco.

hasta el suelo. Así, entre saltos y paradas, gritos y aullidos, la tribu de los *bandar-log* al completo se alejó por los caminos de los árboles llevándose a Mowgli como prisionero.

Hubo un momento en que el niño temió que los monos lo dejaran caer; luego se enfureció, aunque enseguida comprendió que era mejor no enfrentarse a ellos, así que se puso a pensar en lo que debía hacer. Lo primero era avisar a Balu y a Baguira, pues, dada la velocidad a la que viajaban los monos, era evidente que sus amigos se habían quedado muy atrás. No servía de nada mirar hacia abajo, porque solo veía los extremos de las ramas, de modo que levantó la vista y distinguió, muy arriba en el azul del cielo, a Chil el milano, que planeaba y daba vueltas en el aire mientras vigilaba la selva a la espera de que muriese algún animal. Chil vio que los monos cargaban con algo, y descendió en picado varios centenares de metros para averiguar si se trataba de algo comestible. Luego silbó sorprendido al ver cómo arrastraban a Mowgli hasta la copa de un árbol y al oír cómo el muchacho pronunciaba el grito de los milanos:

—¡Tú y yo somos de la misma sangre!

Como una ola, las ramas volvieron a cerrarse sobre Mowgli, pero Chil planeó hasta el árbol siguiente y pudo ver cómo la carita morena del chico asomaba de nuevo entre las hojas.

—¡No pierdas mi rastro! —gritó el chico—. ¡Y dile lo que pasa a Balu, el de la manada de Sioni, y a Baguira, la del Peñasco del Consejo!

—¿En nombre de quién, hermano? —preguntó Chil, que jamás había visto a Mowgli, aunque por supuesto había oído hablar de él.

—En nombre de Mowgli la rana. ¡Me llaman cachorro de hombre! ¡No pierdas mi rastrooo!

Mowgli gritó las últimas palabras en pleno vuelo, pero Chil hizo un gesto de asentimiento y se elevó hasta quedar reducido al tamaño de una mota de polvo, y allí arriba se mantuvo, siguiendo, con su mirada de enorme penetración, el balanceo de las copas de los árboles a medida que los captores de Mowgli continuaban su viaje.

—No llegarán muy lejos —dijo Chil, con una risita burlona—, pues los *bandar-log* jamás hacen lo que se proponen. Siempre están picoteando algo nuevo. Y esta vez, si la vista no me engaña, se han buscado complicaciones con su picotazo, porque Balu no es ningún novato y Baguira, desde luego, puede matar algo más que cabras.

De manera que Chil continuó planeando y se mantuvo a la espera, con las alas bien abiertas y las patas encogidas bajo el cuerpo.

Mientras tanto, Balu y Baguira temblaban de rabia y dolor. La pantera trepaba por los árboles hasta alturas que nunca antes había alcanzado, pero las ramas más finas se rompían bajo su peso, por lo que resbalaba hacia el suelo, arrancando la corteza de los árboles con sus zarpas.

—¿Por qué no advertiste al cachorro de hombre contra los *bandar-log*? —le rugió al pobre Balu, quien echó a correr con un trote desgarbado, con la esperanza de alcanzar a los monos—. ¿De qué ha servido que estuvieras a punto de matarlo a golpes si no le has prevenido contra los monos?

—¡Deprisa! ¡Corre, por favor! ¡Quizá podamos alcanzarlos todavía! —jadeó Balu.

—A esa velocidad no alcanzarías ni a una vaca malherida. Escúchame, maestro de la ley y apaleador de cachorros: si sigues yendo de un lado para otro de esa manera acabarás reventado antes de dos kilómetros. ¡Detente y piensa! Traza un plan. Es mejor no perseguir a los monos. Quizá dejen caer a Mowgli si los seguimos muy de cerca.

—¡*Arrula!* ¡*Wuu!* Quizá lo hayan dejado caer ya si se han cansado de llevarlo. ¿Quién se puede fiar de los *bandar-log*? ¡Ponme murciélagos muertos sobre la cabeza! ¡Dame de comer huesos renegridos! ¡Restriégame contra las colmenas de abejas salvajes para que me maten a picotazos y entiérrame con la hiena, porque soy el oso más desgraciado del mundo! ¡*Arrulala!* ¡*Wahuua!* ¡Oh, Mowgli, Mowgli!, ¿por qué no te previne contra la tribu de los monos en lugar de abrirte la cabeza a base de cachetes? Con tantos golpes quizá le habré sacado de la cabeza la lección diaria y ahora el pobre se encuentra solo en la selva sin las palabras clave.

Balu se apretaba las orejas con las patas y, enroscado como una bola, se revolcaba una y otra vez mientras gemía sin cesar.

—Me las repitió a la perfección no hace mucho —se impacientó Baguira—. Balu, no tienes ni memoria ni dignidad. ¿Qué pensaría la selva si yo, la pantera negra, me encogiera en una bola como Sahi el puerco espín y me pusiera a aullar?

—¿Qué me importa a mí lo que piense la selva? A estas horas quizá Mowgli ya esté muerto.

—A no ser que lo dejen caer desde lo alto de un árbol para divertirse o lo maten por dejadez, no creo que el cachorro de hombre corra peligro. Mowgli es prudente, está bien enseñado y, sobre todo, tiene unos ojos que infunden pavor[13] a todo el pueblo de la selva. Sin embargo, ha tenido la enorme desgracia de caer en manos de los *bandar-log*, que, como viven en los árboles, no tienen miedo de ninguno de nosotros.

Baguira se lamió una pata con aire pensativo.

---

13 **infunden pavor**: dan miedo.

—¡Qué estúpido soy! ¡Una estúpida bola parda que desentierra raíces, eso es lo que soy! —exclamó Balu, desenroscándose de golpe—. Hati el elefante salvaje tiene toda la razón del mundo cuando dice que «no hay nadie que no tenga miedo de algo». También los *bandar-log* temen a Kaa, la serpiente del roquedal, que trepa tan bien como ellos y les roba las crías por la noche. Basta con susurrar su nombre para que a los monos se les hiele la sangre en las venas. Vamos en busca de Kaa.

—¿Y qué puede hacer Kaa por nosotros? —dijo Baguira—. Ella no es de nuestra tribu, puesto que carece de patas, y además tiene los ojos más perversos del mundo.

—Es muy vieja y muy astuta. Y, sobre todo, siempre está hambrienta —dijo Balu, esperanzado—. Promételе muchas cabras.

—Kaa duerme toda una luna después de cada festín.[14] Tal vez ahora esté durmiendo, y, aunque se haya despertado ya, ¿qué pasará si prefiere cazar las cabras por su propia cuenta?

Baguira, que no sabía mucho acerca de Kaa, era desconfiada por naturaleza.

—En ese caso, vieja cazadora, entre tú y yo quizá logremos convencerla.

Entonces Balu se restregó la espalda, de un marrón desvaído, contra el flanco de la pantera, y los dos animales fueron en busca de Kaa, la serpiente pitón del roquedal.[15]

La encontraron tumbada cuan larga era en el tibio saliente de una roca, disfrutando del sol de la tarde y admirando su

---

14 Es decir, 'duerme durante veintiocho días después de comer mucho'.

15 La **serpiente pitón** suele medir entre cuatro y ocho metros y no es venenosa. Ataca a sus víctimas arrollándose alrededor de ellas y constriñéndolas con sus anillos hasta ahogarlas; luego las engulle enteras, aunque se trate de un ciervo.

hermosa piel recién estrenada, porque había estado mudando la piel en un lugar apartado durante los diez últimos días. Ahora estaba espléndida, moviendo con rapidez su gran cabeza de morro chato hacia delante y retorciendo los diez metros de su cuerpo en fantásticos nudos y curvas, al tiempo que se relamía pensando en la cena inminente.[16]

—Está en ayunas —dijo Balu con un gruñido de alivio tan pronto como vio su suntuoso[17] traje de manchas marrones y amarillas—. ¡Ten cuidado, Baguira! Cuando acaba de mudar la piel, no ve demasiado bien y ataca con facilidad.

Kaa no era una serpiente venenosa; de hecho, más bien despreciaba a las serpientes venenosas por cobardes. Su fuerza residía en su abrazo: cuando se enroscaba alrededor de alguien, no había nada que hacer.

—¡Buena caza! —exclamó Balu, sentándose sobre sus patas traseras.

Como todas las serpientes de su especie, Kaa era más bien sorda y al principio no oyó el saludo; así que se enroscó y bajó la cabeza, lista ya para afrontar cualquier peligro.

—¡Buena caza para todos! —respondió—. Ah, eres tú, Balu. Dime, ¿qué te trae por aquí? ¡Buena caza, Baguira! Yo sé al menos de uno que necesita alimentarse. ¿Habéis visto por ahí alguna buena pieza…, una cierva o al menos un cervatillo? Estoy tan vacía como un pozo seco.

—Vamos de caza —dijo Balu con aire despreocupado. Sabía que a Kaa no se le puede meter prisa: es demasiado grande.

—Permitidme que os acompañe —dijo Kaa—. Un zarpazo más o menos no es nada para ti, Baguira, o para Balu; en cambio yo… yo tengo que esperar y esperar durante días en una

---

16 **inminente**: que está a punto de ocurrir.
17 **suntuoso**: lujoso.

senda del bosque o trepar durante media noche para ver si me cruzo por casualidad con un mono joven. ¡Sssss! Es una lástima que los árboles no sean ya lo que eran en mis años mozos: ahora todo son ramas podridas y secas.

—¿No será que pesas demasiado? —aventuró Balu.

—Soy bastante larga, no lo niego —dijo Kaa con cierto orgullo—. Pero la culpa la tiene la madera que crece ahora. El otro día estuve a punto de caerme mientras cazaba: me salvé de milagro. Como no tenía la cola bien sujeta en torno al árbol, el ruido de mi resbalón despertó a los *bandar-log*, que me llamaron cosas muy desagradables.

—Gusano amarillo y sin patas —dijo Baguira sin alzar la voz, como si estuviera tratando de recordar algo.

—¡Sssss! ¿Eso han dicho de mí? —preguntó Kaa.

—Algo por el estilo nos gritaron a nosotros durante la última luna, pero no les hicimos caso. Son capaces de decir lo que sea, incluso que has perdido todos los dientes o que, como te asustan los cuernos de los machos cabríos, eres incapaz de enfrentarte a nada mayor que un cabrito; y es que esos *bandar-log* no tienen vergüenza —prosiguió Baguira con tono cariñoso.

A decir verdad, no es nada frecuente que una serpiente, en especial una vieja pitón cautelosa como Kaa, deje traslucir su indignación, pero Balu y Baguira vieron cómo, a ambos lados de su garganta, se ondulaban y dilataban los grandes músculos que le servían para tragar.

—Los *bandar-log* han cambiado de territorio —dijo Kaa reposadamente—. Cuando he salido hoy a tomar el sol, los he oído gritar entre las copas de los árboles.

—Precisamente ahora estamos... estamos persiguiendo a los *bandar-log* —contestó Balu, aunque las palabras apenas le salieron de la garganta, pues era la primera vez, por lo que él recordaba, que alguien del pueblo de la selva reconocía interesarse por lo que hacían los monos.

—Algo importante tiene que haber pasado para que dos cazadores como vosotros, que sin duda sois jefes de vuestro propio territorio, sigáis el rastro de los *bandar-log* —replicó Kaa con cortesía mientras se hinchaba de curiosidad.

—A decir verdad —empezó Balu—, yo no soy más que el viejo maestro que enseña la ley a los loveznos de Sioni, y que a menudo se comporta como un estúpido, y Baguira, aquí presente…

—… es Baguira —dijo la pantera negra interrumpiendo a Balu, y cerró de golpe sus mandíbulas, pues la humildad no era su fuerte—. El problema es el siguiente, Kaa. Esos ladrones de nueces y recolectores de hojas de palma nos han robado al cachorro de hombre, del que quizá hayas oído hablar.

—Algo me contó Sahi (quien siempre va presumiendo porque tiene púas) de una criatura humana a la que se admitió en una manada de lobos, pero no me lo creí. Sahi siempre está repitiendo historias que ha oído a medias y que no sabe contar.

—Pues ésa era cierta. Es un cachorro de hombre como nunca ha habido otro —intervino Balu—. El mejor, el más listo y el más audaz de los cachorros de hombre. Es alumno mío, y hará famoso el nombre de Balu en todas las selvas, y, además, yo…, nosotros… lo queremos mucho, Kaa.

—¡Sssss! ¡Sssss! —exclamó Kaa, moviendo la cabeza hacia delante y hacia atrás—. Yo también he sabido lo que es el amor. Podría contar historias que…

—…Que en una noche de luna llena, y cuando todos estemos bien comidos, podríamos apreciar como es debido —terció[18] Baguira con decisión—. Ahora nuestro cachorro de hombre está en manos de los *bandar-log,* y sabemos que, de todos los habitantes de la selva, los monos solo temen a Kaa.

—Solo a mí me temen, y con razón —dijo Kaa—. Son charlatanes, estúpidos, presumidos… Sí, los monos son presumidos, estúpidos y charlatanes. Pero a un ser humano le puede traer mala suerte caer en sus manos. Se cansan de los frutos que recogen y los tiran. Arrastran una rama durante medio día con la intención de hacer grandes cosas con ella, y luego la parten en dos. Desde luego, no envidio la suerte de ese cachorro. También me llamarían… «pez amarillo», ¿no es así?

—Gusano, gusano…, lombriz de tierra —corrigió Baguira—, y otras cosas que prefiero no repetir para no tener que avergonzarme.

—Entonces habrá que recordarles que deben hablar bien de su señor. ¡Ssssss! Tendremos que refrescarles un poco la memoria. Veamos, ¿adónde se han llevado al cachorro?

—Solo la selva lo sabe. Hacia poniente, creo —dijo Balu—. Pensábamos que tal vez tú lo sabrías, Kaa.

—¿Yo? ¿Por qué tendría que saberlo yo? Capturo a los monos cuando se cruzan en mi camino, pero no salgo a cazarlos, ni a ellos ni a las ranas ni a la capa de verdín[19] que se forma en las charcas, que todo viene a ser lo mismo al fin y al cabo. ¡Ssssss!

—¡Arriba, arriba! ¡Aquí arriba! ¡Vamos, vamos! ¡Mira hacia arriba, Balu, el de la manada de lobos de Sioni!

Balu alzó la cabeza para ver de dónde procedía la voz, y allí en lo alto estaba Chil el milano, que bajaba en picado con

---

18 **terció**: intervino.
19 **verdín**: plantas que crecen en un lugar húmedo o cubierto de agua.

los bordes de las alas centelleando a la luz del sol. Para Chil era casi la hora de acostarse, pero el milano había deambulado por toda la selva buscando al oso sin encontrarlo, debido a la densidad del follaje.

—¿Qué pasa? —preguntó Balu.

—He visto a Mowgli entre los *bandar-log*. Me pidió que te lo dijera. Lo he seguido. Los *bandar-log* se lo han llevado más allá del río, a la ciudad de los monos, a las Guaridas Frías. A lo mejor pasan allí una noche, o diez noches, o solo una hora. Les he pedido a los murciélagos que permanezcan atentos durante la noche. Ése es mi mensaje. ¡Buena caza para todos los que estáis abajo!

—¡Te deseo una tripa llena y un sueño reparador,[20] Chil! —gritó Baguira—. Me acordaré de ti cuando mate mi próxima pieza y te reservaré la cabeza para ti solo. ¡Eres el mejor de los milanos!

—No tiene importancia. El muchacho conocía las palabras clave. Y yo tenía que cumplir con mi deber —dijo Chil, y a continuación ascendió de nuevo describiendo círculos camino de su hogar.

—Ha sabido hacer uso de mis enseñanzas —dijo Balu con una sonrisa de orgullo—. ¡Pensar que alguien tan joven pueda recordar las palabras clave para los pájaros mientras lo arrojan de un árbol a otro!

—¡Se las metieron en la cabeza a la fuerza! —dijo Baguira—. Pero también yo estoy orgullosa de él. Y ahora debemos ir a las Guaridas Frías.

Todos sabían dónde estaba aquel paraje, pero pocos habitantes de la selva lo habían visitado, pues se daba el nombre

---

21 **reparador**: que sirve para reponer fuerzas.

de Guaridas Frías a una antigua ciudad abandonada, perdida y enterrada en la jungla, y los animales raras veces usan un lugar donde antes han vivido seres humanos.[21] Lo hacen los jabalíes, pero no las tribus de cazadores. Allí, por otro lado, vivían los monos, si es que puede decirse que los monos viven en alguna parte, y ningún animal respetable se acerca a las proximidades de las ruinas, salvo en tiempos de sequía, cuando los estanques y aljibes[22] medio derruidos aún conservan algo de agua.

—Tardaremos media noche en llegar, y eso yendo a toda velocidad —dijo Baguira.

A Balu se le ensombreció el gesto.

—Iré tan deprisa como pueda —respondió con ansiedad.

—Será mejor que no te esperemos, Balu. Síguenos. Kaa y yo hemos de ir a pata ligera.

—Con patas o sin ellas, yo no me voy a quedar atrás, a pesar de las cuatro que tú tienes —le espetó Kaa.

Balu se esforzó por ir todo lo deprisa que podía, pero muy pronto tuvo que detenerse, jadeante.[23] Los otros dos lo dejaron atrás confiando en que los siguiera más tarde, y Baguira avivó el paso hasta alcanzar el trote rápido de las panteras. Kaa no decía nada, pero, por mucho que Baguira se esforzara, la enorme pitón del roquedal siempre se mantenía a su altura. Cuando llegaban a un torrente, la pantera se adelantaba,

---

21 En la India existen todavía numerosas ciudades antiguas y abandonadas en medio de la jungla. En 1887 Kipling visitó las ruinas de dos de ellas, Chitor y Amber, que le sirvieron de inspiración para las «Guaridas Frías» de este cuento. Kipling llama a la ciudad «Guaridas» porque en ellas se refugian los monos, y «Frías» por haber perdido el calor humano de quienes la habitaron.

22 **aljibe**: depósito subterráneo para recoger agua de lluvia.

23 **jadeante**: haciendo ruido al respirar con dificultad a causa del cansancio.

pues saltaba de orilla a orilla mientras que Kaa tenía que nadar con la cabeza y medio metro de cuello por encima del agua. Pero al volver a tierra firme la serpiente recuperaba el terreno perdido.

—¡Por el candado roto que me dio la libertad —exclamó Baguira al anochecer—, no se puede decir que seas lenta!

—Tengo hambre —respondió Kaa—, y además esos monos me han llamado rana con lunares.

—Gusano…, lombriz de tierra, y amarilla para más inri.[24]

—Tanto da. Sigamos adelante —y Kaa parecía derramarse sobre el suelo, encontrando siempre el camino más corto con su mirada penetrante y siguiéndolo sin desviarse lo más mínimo.

En las Guaridas Frías, los monos no pensaban en absoluto en los amigos de Mowgli. Habían llevado al niño a la ciudad perdida y por el momento estaban muy satisfechos de sí mismos. Mowgli nunca había visto una ciudad india y, si bien ésta apenas era otra cosa que un montón de ruinas, aún parecía un lugar maravilloso y espléndido. Un rey la había levantado hacía mucho tiempo en una pequeña colina, y todavía era posible reconocer las calzadas[25] de piedra que llevaban hasta las puertas en ruinas, cuyas últimas astillas colgaban de las viejas bisagras oxidadas. Los árboles habían crecido entre las piedras de los muros, las almenas[26] habían caído o estaban muy deterioradas, y las enredaderas silvestres se descolgaban por las paredes desde las ventanas de las torres, formando frondosas matas.

---

24 **para más inri**: para colmo.
25 **calzada**: carretera, camino empedrado.
26 **almena**: cada uno de los bloques de piedra separados por huecos que se levantan en lo alto de las murallas para protegerse.

Un gran palacio sin techo coronaba la colina. El mármol de los patios y de las fuentes estaba rajado y cubierto de manchas rojas y verdes, y las malas hierbas y los árboles jóvenes habían separado y levantado incluso los adoquines[27] mismos del patio donde vivían los elefantes del rey. Desde el palacio se veían las hileras sucesivas de casas sin tejado que formaban la ciudad y que parecían panales vacíos llenos de negrura, el informe bloque de piedra que en otro tiempo había sido la estatua central de la plaza donde convergían cuatro caminos, los pozos y hoyos en las esquinas de las calles donde en otro tiempo se habían alzado las fuentes públicas, y los templos de derruidas cúpulas[28] de cuyos costados brotaban higueras silvestres. Los monos decían que aquel lugar era su ciudad y fingían despreciar a los habitantes de la jungla porque vivían en el bosque. Y, sin embargo, ignoraban para qué se habían construido aquellos edificios ni cómo utilizarlos. Sentados en círculo en la antecámara[29] del salón del consejo real, se espulgaban y fingían ser hombres. O entraban y salían de las casas sin techo y recogían en un rincón trozos de escayola y ladrillos viejos y olvidaban luego dónde los habían escondido; o se peleaban, gritaban y correteaban, y luego lo olvidaban todo para dedicarse a jugar subiendo y bajando por las terrazas del jardín del rey, donde zarandeaban los rosales y los naranjos por el mero placer de ver caer flores y frutos. Exploraban los pasadizos y túneles oscuros del palacio y sus cientos de pequeñas habitaciones oscuras, pero nunca recordaban lo que habían visto, así que vagabundeaban solos, en

---

27 **adoquín**: piedra rectangular no muy grande que se usa para cubrir suelos que están al aire libre.

28 **cúpula**: techo en forma de media esfera o medio melón.

29 **antecámara**: o *antesala*, habitación que está antes de la sala.

parejas o en grupo, diciéndose unos a otros que hacían lo mismo que los seres humanos. Bebían en los aljibes y enturbiaban el agua, y luego se peleaban por ello, y después todos echaban a correr en tropel[30] y diciendo a gritos: «No hay en la selva nadie tan comedido,[31] bueno y listo como los *bandar-log* ni nadie tan fuerte y tan distinguido». Luego volvían de nuevo a empezar, hasta que se cansaban de la ciudad y regresaban a las copas de los árboles con la esperanza de que los habitantes de la selva se fijaran en ellos.

Mowgli, que había sido educado en el respeto a la ley de la selva, no entendía ni le gustaba aquella manera de vivir. Los monos lo arrastraron hasta las Guaridas Frías a última hora de la tarde y, en lugar de acostarse, como habría hecho Mowgli tras un viaje tan largo, se dieron la mano y empezaron a bailar sus absurdas danzas y a cantar sus alocadas canciones. Uno de los monos pronunció un discurso y explicó a sus compañeros que la captura de Mowgli suponía un nuevo hito[32] en la historia de los *bandar-log*, porque el muchacho iba a enseñarles cómo entrelazar palos y cañas para protegerse contra la lluvia y el frío. Mowgli recogió algunas enredaderas y empezó a entrelazarlas; los monos trataron de imitarlo, pero al cabo de unos minutos perdieron todo interés y empezaron a tirar del rabo a sus amigos o a saltar a cuatro patas, tosiendo sin parar.

—Quiero comer —dijo Mowgli—. En esta parte de la selva soy forastero, así que traedme comida o dadme permiso para cazar aquí.

---

30 **en tropel**: en muchedumbre desordenada.
31 **comedido**: actitud del individuo que se comporta de manera respetuosa y sin agresividad.
32 **un hito**: un logro muy importante.

Veinte o treinta monos se alejaron dando saltos en busca de frutos secos y papayas, pero se pelearon por el camino y comprendieron que no valía la pena regresar con cuatro restos de fruta. Mowgli estaba molesto y enfadado, además de hambriento, y vagó por la ciudad desierta, lanzando de vez en cuando el grito de caza de los forasteros; pero nadie le respondió, así que el muchacho tuvo la impresión de que no había podido ir a parar a un sitio peor.

«Todo lo que Balu me dijo sobre los *bandar-log* es verdad», pensó. «No tienen ley, ni grito de caza, ni jefes; tan solo palabras estúpidas y manitas ladronas. De manera que, si me muero de hambre o me matan, será por mi culpa. Tengo que regresar a mi selva como sea. Seguro que Balu me va a dar una buena paliza, pero eso es preferible a pasarme el día atrapando absurdas hojas de rosal con los *bandar-log*».

Tan pronto como Mowgli llegó a la muralla de la ciudad los monos lo obligaron a volver, diciéndole que no sabía la suerte que tenía y pellizcándolo para que se mostrara agradecido. Mowgli apretó los dientes y no dijo nada, pero acompañó a los monos, que no cesaban de gritar, hasta una terraza situada por encima de las cisternas[33] de piedra arenisca, llenas a medias con agua de lluvia. En el centro de la terraza había un cenador[34] en ruinas, hecho de mármol blanco y construido para uso de reinas que llevaban cien años muertas. Una parte de la cúpula se había derrumbado y había bloqueado el paso subterráneo que las reinas utilizaban para entrar desde el palacio; las paredes, sin embargo, estaban hechas con tracerías[35]

---

33 **cisterna**: depósito para el agua que se recoge de la lluvia.
34 **cenador**: espacio en un jardín cubierto por plantas trepadoras sostenidas por una armadura.
35 **tracería**: decoración que consiste en combinar figuras geométricas.

de mármol: hermosos calados blancos como la leche con incrustaciones de ágata, cornalina, jaspe y lapislázuli;[36] cuando la luna asomó por detrás de la colina, atravesó con su brillante luz los calados, proyectando sombras en el suelo que eran como bordados de terciopelo negro.

Aunque irritado, adormilado y hambriento, Mowgli no pudo contener la risa cuando veinte *bandar-log* al mismo tiempo empezaron a contarle lo estupendos y sabios y fuertes y distinguidos que eran todos ellos, y lo estúpido que era él por querer abandonarlos.

—Somos grandes. Somos libres. Somos extraordinarios. ¡Somos el pueblo más maravilloso de la selva! Todos nosotros lo decimos, así que tiene que ser verdad —gritaron—. Como es la primera vez que tú nos oyes, te vamos a contar todo lo que hay que saber sobre nuestras muchas virtudes para que transmitas nuestras palabras a los otros pueblos de la selva, y de ese modo nos prestarán más atención en el futuro.

Mowgli no puso objeciones,[37] y los monos se reunieron a centenares en la terraza para oír a sus propios oradores cantar las alabanzas de los *bandar-log*. Cada vez que uno de ellos hacía una pausa para tomar aliento, todos gritaban al unísono:[38]

—¡Eso es verdad! ¡Todos nosotros lo decimos!

Mowgli asentía y parpadeaba y decía que sí cuando le preguntaban algo, pero la cabeza le daba vueltas con tanto ruido. «Tabaqui el chacal debe de haberlos mordido a todos», se dijo para sus adentros, «y les ha contagiado su locura. No hay du-

---

36 El ágata, la cornalina, el jaspe y el lapislázuli son piedras preciosas de diversos colores que se utilizan para hacer joyas o para decorar.

37 **objeciones**: inconvenientes, pegas.

38 **al unísono**: al mismo tiempo.

da de que esto es *dewani*, la locura. ¿Es que esta gente no duerme nunca? Por allá asoma una nube que tapará la luna. Si esa nube fuera lo bastante grande, podría tratar de escaparme aprovechando la oscuridad. Pero estoy cansado».

Bajo las murallas de la ciudad, dos buenos amigos de Mowgli contemplaban aquella misma nube desde el foso en ruinas, porque Baguira y Kaa, sabedores de lo peligroso que era el pueblo de los monos cuando se reunía en masa, no querían correr riesgos. Los monos no pelean si no se hallan en la proporción de cien contra uno, y muy pocos habitantes de la selva están dispuestos a aceptar unas condiciones tan adversas.[39]

—Voy a ir a la muralla de poniente —susurró Kaa—, y desde allí descenderé muy aprisa aprovechando el desnivel. Ya sé que no se me van a echar encima a centenares, pero...

—Lo sé —replicó Baguira—. Ojalá estuviera aquí Balu, pero hemos de hacer lo que podamos de todos modos. Cuando esa nube cubra la luna subiré a la terraza. Los *bandar-log* están celebrando allí algo parecido a una asamblea que tiene que ver con el muchacho.

—Buena caza —dijo Kaa con tono sombrío, y se deslizó hacia la muralla de poniente. Ésta resultó ser la mejor conservada, por lo que la gran serpiente pitón tardó algún tiempo en encontrar la manera de escalarla.

La nube ocultó la luna y, mientras Mowgli se preguntaba qué iba a suceder a continuación, oyó los ágiles pasos de Baguira en la terraza. La pantera negra, sin apenas hacer ruido, había echado a correr cuesta arriba y repartía golpes (pues sabía que los mordiscos habrían sido una pérdida de tiempo) a izquierda y derecha entre los monos, que estaban sentados

---

39 **adversas**: que perjudican, que van en contra de lo que se quiere.

alrededor de Mowgli formando círculos de cincuenta o sesenta. Se oyó un alarido[40] de miedo y de rabia y luego, mientras Baguira tropezaba con los cuerpos que rodaban y pataleaban debajo de ella, un mono gritó:

—¡No es más que un solo enemigo! ¡Matadlo! ¡Acabad con él!

Un confuso revoltijo de monos que mordían, arañaban, rasgaban y empujaban se lanzó sobre Baguira, mientras cinco o seis de ellos se apoderaron de Mowgli, lo arrastraron hasta la pared del cenador y lo lanzaron por el agujero abierto en la cúpula. Un muchacho criado entre hombres habría sufrido serias magulladuras, porque la caída fue de casi cinco metros, pero Mowgli cayó como Balu le había enseñado a hacerlo y aterrizó de pie.

—Quédate ahí hasta que hayamos matado a tus amigos —gritaron los monos—. Más tarde vendremos a jugar contigo..., si es que el pueblo del veneno te deja con vida.

—Vosotras y yo somos de la misma sangre —se apresuró a decir Mowgli, pronunciando la llamada de las serpientes. Oía susurros y silbidos entre los escombros que lo rodeaban y repitió la llamada una segunda vez para mayor seguridad.

—¡Desssde luego! ¡Abajo el capuchón todas! —susurraron media docena de serpientes (en la India, todas las ruinas se convierten más tarde o más temprano en refugio de serpientes; por eso el viejo cenador era un hervidero de cobras)—.[41] No te muevas, hermanito, porque podrías hacernos daño con los pies.

---

40 **alarido**: grito muy fuerte.

41 La **cobra** es una serpiente agresiva y terriblemente venenosa de colores variables que ensancha su cuello en forma de raqueta (el **capuchón**), y cuya parte posterior tiene un dibujo en forma de anteojos.

Mowgli se quedó tan quieto como pudo, mirando a través de los calados de la pared y escuchando el furioso estruendo de la lucha en torno a la pantera negra: los alaridos, el alboroto, los forcejeos y los roncos estertores[42] de Baguira al retroceder, sacudirse, retorcerse y sumergirse bajo montones de enemigos. Por primera vez desde que vino al mundo, la pantera luchaba para salvar la vida.

«Balu no estará lejos; Baguira jamás habría venido sola a este lugar», pensó Mowgli; y se puso a gritar:

—¡A la cisterna, Baguira! ¡Tienes que llegar a la cisterna y zambullirte en el agua!

Baguira lo oyó, y los gritos de Mowgli le dieron a entender que el muchacho estaba a salvo y le infundieron nuevos ánimos. Se abrió camino desesperadamente, palmo a palmo, derecha hacia las cisternas, golpeando en silencio. Luego, de la muralla en ruinas más cercana a la selva se alzó el sonoro grito de guerra de Balu. Pese a haberse esforzado al límite, el viejo oso no había podido llegar antes.

—¡Baguira! —gritó Balu—. ¡Estoy aquí! ¡Ya subo! ¡Voy corriendo! ¡*Ahuwora*! ¡Las piedras me hacen resbalar! ¡Esperadme, malditos *bandar-log*!

Balu llegó sin aliento a la terraza y quedó sepultado hasta el cuello por una oleada de monos, pero se plantó sobre sus patas traseras y, abriendo las delanteras, abrazó a todos los *bandar-log* que pudo y luego empezó a golpearlos con un rítmico paf-paf parecido al chapoteo de una rueda de palas.[43] El ruidoso impacto de un cuerpo al caer al agua dio a entender a Mowgli que Baguira había logrado abrirse camino hasta la

---

42 **estertor:** respiración ruidosa y ahogada, como la de un moribundo.

43 **rueda de palas**: rueda provista de paletas sobre las que actúa la fuerza del agua produciendo su giro.

cisterna, adonde los monos ya no podían seguirla. La pantera se quedó allí, jadeante, sacando tan solo la cabeza fuera del agua, mientras los monos la vigilaban formando filas de tres en fondo[44] sobre los escalones rojos y saltaban enfurecidos de un lado para otro, dispuestos a abalanzarse sobre Baguira desde todas partes en cuanto la pantera saliera del agua para ayudar a Balu. Fue entonces cuando Baguira alzó el mentón que le chorreaba de agua y, presa de la desesperación, pidió ayuda con la llamada de las serpientes: «¡Tú y yo somos de la misma sangre!», porque estaba convencida de que Kaa había puesto pies en polvorosa[45] en el último momento. Ni siquiera Balu, medio asfixiado por los monos al borde de la terraza, pudo evitar una risa entre dientes cuando oyó el grito de la pantera negra pidiendo ayuda.

Kaa acababa de abrirse camino por la muralla de poniente, y su impulso final fue tan potente que arrancó una parte del remate y la hizo caer al foso. Como no tenía intención de perder ninguna de las ventajas del terreno, se enroscó y desenroscó un par de veces para comprobar que todos los anillos de su largo cuerpo estaban en perfectas condiciones. Mientras, la pelea con Balu proseguía, los monos gritaban alrededor de la cisterna en que nadaba Baguira y Mang el murciélago volaba de aquí para allá, llevando por toda la selva las noticias de la gran batalla, hasta que incluso Hati el elefante salvaje barritó[46] y, más lejos aún, grupos dispersos del pueblo de los monos despertaron y echaron a correr a grandes saltos por los caminos de los árboles para ayudar a sus camaradas de las Guari-

---

44 Esto es, 'formando tres filas paralelas'.
45 **había puesto pies en polvorosa**: había huido, se había marchado precipitadamente.
46 **barritar**: producir el elefante su berrido peculiar.

das Frías, al tiempo que el fragor[47] de la batalla despertaba a las aves diurnas en muchos kilómetros a la redonda.

Entonces apareció Kaa, que avanzaba muy deprisa en línea recta, deseosa de matar. El arma más poderosa de una serpiente pitón es el golpe directo de la cabeza, en el que emplea toda la fuerza y el peso del cuerpo. Si os imagináis una lanza, un ariete[48] o un martillo que pese cerca de media tonelada y sea impulsado por una inteligencia fría y calculadora alojada en la empuñadura, podréis figuraros cómo era Kaa cuando peleaba. Una pitón de metro y medio puede derribar a un hombre si le golpea de lleno en el pecho, y Kaa, como recordaréis, medía diez metros. Dirigió su primera embestida contra el centro de la multitud que rodeaba a Balu; descargó el golpe en el lugar oportuno sin hacer el menor ruido ni abrir la boca. No hubo necesidad de una segunda acometida. Los monos corrieron en desbandada mientras decían a gritos:

—¡Kaa! ¡Es Kaa! ¡Corred! ¡Corred!

Generaciones enteras de monos habían aprendido a portarse bien con las historias de miedo que sus mayores les contaban acerca de Kaa, la ladrona nocturna que se desliza por las ramas tan en silencio como crece el musgo y que es capaz de llevarse consigo al mono más fuerte del mundo; de la vieja Kaa, capaz de hacerse pasar por una rama muerta o un tocón[49] podrido y engañar y dar caza al más astuto. Kaa era la encarnación de todos los temores de los monos, porque ninguno de ellos conocía los límites de su poder, ninguno era capaz de mirarla a los ojos y ninguno había sobrevivido jamás a uno

---

47 **fragor**: estrépito, ruido muy grande producido por una acción violenta.
48 **ariete**: máquina de guerra antigua que tenía un tronco muy grande que se usaba para tirar abajo puertas o murallas.
49 **tocón**: parte del tronco de un árbol que queda pegada al suelo al cortarlo.

de sus abrazos. De manera que, balbuceando alaridos de terror, corrieron a refugiarse entre las paredes y bajo los tejados de las casas, por lo que Balu dejó escapar un hondo suspiro de alivio. Su piel era mucho más recia que la de Baguira, pero había sufrido mucho en la pelea. Luego Kaa abrió la boca por vez primera y silbó una palabra muy larga, y los monos que andaban todavía lejos, pero que, en defensa de sus compañeros, corrían hacia las Guaridas Frías, se detuvieron en seco, encogidos por el miedo, hasta el punto de que las ramas sobrecargadas se doblaron y se quebraron bajo su peso. Los monos de las murallas y de las casas deshabitadas dejaron de gritar y, en el silencio que se extendió por la ciudad, Mowgli oyó el ruido que hacía Baguira al sacudirse el agua tras salir de la cisterna. Entonces el clamor estalló de nuevo. Los monos trepaban aún más alto por las murallas, se colgaban del cuello de los grandes ídolos de piedra y chillaban y brincaban por las almenas, mientras Mowgli bailaba de alegría en el cenador, miraba por los calados del mármol y ululaba[50] entre dientes al igual que un búho para burlarse de los monos y demostrarles su desprecio.

—Sacad al cachorro de hombre de la trampa —jadeó Baguira—; yo ya no puedo más. Vamos a coger a nuestro cachorrillo y marcharnos. Podrían atacarnos de nuevo.

—No se moverán hasta que yo lo ordene. ¡Quietosss! —silbó Kaa, y la ciudad entera volvió a guardar silencio—. No pude llegar antes, hermana, pero me pareció que me llamabas —esto último iba dirigido a Baguira.

—Quizás… Quizás haya gritado durante el combate —respondió Baguira—. Y tú, Balu, ¿estás herido?

---

50 **ulular**: aullar algunos animales.

—No estoy muy seguro de que no me hayan despedazado en un millar de ositos —dijo Balu con voz grave mientras sacudía sus patas una tras otra—. ¡Caramba! Me duele todo. Kaa, me parece que Baguira y yo… te debemos la vida.

—No tiene importancia. ¿Dónde está el hombrecito?

—¡Aquí, en una trampa! —exclamó Mowgli—. No puedo salir.

Y es que el agujero de la cúpula medio derrumbada se hallaba muy por encima de su cabeza.

—Lleváoslo —dijeron las cobras que se hallaban dentro—. Baila como Mao el pavo real y acabará aplastando a nuestros pequeños.

—¡Ja, ja! —dijo Kaa, riendo entre dientes—. Este hombrecito tiene amigos por todas partes. Apártate un poco, hombrecito, y vosotras escondeos, pueblo del veneno. Voy a romper la pared.

Kaa examinó el cenador cuidadosamente hasta que encontró una grieta en la tracería de mármol y, tras dar dos o tres golpecitos con la cabeza para calcular la distancia, alzó el cuerpo unos dos metros por encima del suelo y lanzó media docena de fulminantes[51] golpes con el morro. La pared se quebró al instante y se desplomó en medio de una nube de polvo y cascotes.[52] Entonces Mowgli saltó por la abertura y fue a colocarse entre Balu y Baguira, pasando un brazo alrededor del poderoso cuello de cada uno de ellos.

—¿Estás herido? —le preguntó Balu, abrazándolo con ternura.

—Estoy dolorido, hambriento y bastante magullado, pero, ¡ay, a vosotros sí que os han hecho daño, hermanos míos! ¡Estáis sangrando!

---

51 **fulminantes**: que tienen un efecto rápido o instantáneo.

52 **cascotes**: escombros, fragmentos de ladrillos, etc., de una obra derribada.

—No somos los únicos —dijo Baguira, lamiéndose las heridas mientras contemplaba los cadáveres de los monos en la terraza y alrededor del estanque.

—No es nada, no es nada si tú estás a salvo, oh ranita mía, lo que más quiero en el mundo... —gimoteó Balu.

—De eso ya hablaremos más tarde —dijo Baguira con un tono de voz que no presagiaba nada bueno para Mowgli—. Pero aquí está Kaa, a quien nosotros debemos la victoria en el combate y tú la vida. Dale las gracias de acuerdo con nuestras costumbres, Mowgli.

Al volverse, el niño vio la cabeza de la gran serpiente pitón balanceándose un poco por encima de la suya.

—De manera que éste es el hombrecito —dijo Kaa—. Tiene la piel muy suave y no se diferencia demasiado de los *bandarlog*. Ten cuidado, pequeño, no sea que te confunda con un mono en algún crepúsculo cuando acabe de mudar la piel.

—Tú y yo somos de la misma sangre —respondió Mowgli—. Esta noche me has salvado la vida. Mi caza será tuya siempre que tengas hambre, hermana Kaa.

—Mil gracias, hermanito —respondió la serpiente, aunque sus ojos centelleaban con ironía—. ¿Y qué puede matar un cazador tan audaz? Lo pregunto porque podría acompañarlo en su próxima expedición.

—Todavía no mato nada... Soy demasiado pequeño... Pero sé conducir las cabras hacia quienes pueden necesitarlas. Cuando tengas el estómago vacío, ven a verme y podrás comprobar si es verdad lo que digo. Las manejo con cierta habilidad —y al decir esto le mostraba las manos— y, si algún día caes en una trampa, tal vez pueda pagarte la deuda que he contraído contigo y con Baguira y Balu. ¡Buena caza para los tres, maestros míos!

—Bien dicho —gruñó Balu, porque Mowgli había sabido dar las gracias de muy buenas maneras.

Entonces la serpiente pitón dejó caer suavemente la cabeza sobre el hombro de Mowgli durante un minuto.

—Un corazón valiente y una lengua cortés —dijo Kaa— te llevarán muy lejos en la selva, hombrecito. Pero ahora vete en seguida de aquí con tus amigos. Vete y échate a dormir, porque se está poniendo la luna y no conviene que veas lo que va a pasar ahora.

La luna se hundía detrás de las colinas, y las filas de temblorosos monos apiñados en las murallas y almenas parecían el borde en movimiento de unas bambalinas hechas jirones.[53] Balu se inclinó sobre el estanque para beber y Baguira empezó a acicalarse[54] la piel con todo cuidado mientras Kaa se deslizaba hasta el centro de la terraza y cerraba sus mandíbulas con un golpe seco que atrajo las miradas de todos los monos.

—La luna se ha puesto —dijo—. ¿Hay todavía luz suficiente para ver?

De las murallas llegó un gemido semejante al del viento en las copas de los árboles:

—Todavía vemos, oh Kaa.

—Muy bien. Ahora empieza la danza... La danza del hambre de Kaa. No os mováis y mirad con atención.

La pitón describió dos o tres grandes círculos con su cuerpo mientras movía la cabeza de un lado a otro. Luego empezó a trazar curvas y figuras de ocho con el cuerpo, y viscosos triángulos que se convertían en cuadrados y pentágonos, y montí-

---

53 **bambalinas**: tiras de tela que cruzan de un lado a otro el escenario del teatro, formando la parte superior de la decoración; **jirón**: trozo de tela arrancado o roto.

54 **acicalarse**: arreglarse.

culos formados por sucesivos anillos; y todo ello lo hacía sin descansar, sin apresurarse, sin interrumpir nunca el suave zumbido de su canción. La oscuridad se hizo cada vez mayor, hasta que al fin dejaron de verse los lentos y cambiantes movimientos del cuerpo de Kaa, aunque siguió oyéndose el susurro de sus escamas.

Balu y Baguira permanecieron quietos como si fueran de piedra, gruñendo roncamente, con el pelo del cuello erizado. Mowgli, mientras tanto, miraba fascinado.

—*Bandar-log* —dijo al fin la voz de Kaa—, ¿podéis mover pies o manos sin que yo os lo ordene? ¡Hablad!

—¡Sin que tú lo ordenes no podemos mover ni pies ni manos, oh Kaa!

—¡Muy bien! Dad todos un paso hacia mí.

Las filas de monos avanzaron sin poder evitarlo y Balu y Baguira, totalmente rígidos, dieron también un paso hacia Kaa de forma inconsciente.

—¡Más cerca! —silbó Kaa, y todos se movieron de nuevo.

Mowgli tocó a Balu y a Baguira para apartarlos de allí, y los dos poderosos animales se sobresaltaron como si acabaran de despertar de un sueño.

—No me quites la mano del hombro —susurró Baguira—. Mantenla ahí o tendré que regresar…, tendré que volver con Kaa. ¡Ah!

—No es más que la vieja Kaa haciendo círculos en el polvo —dijo Mowgli—; vámonos.

Así que los tres volvieron a la selva a través de una brecha abierta en la muralla.

—¡Uf! —exclamó Balu, al hallarse de nuevo bajo la quietud de los árboles—. Nunca más volveré a aliarme con Kaa.

Y sacudió todo su cuerpo con violencia.

—Sabe más que nosotros —añadió Baguira temblando—. Si llego a quedarme allí un poco más, habría acabado metiéndome de cabeza en su garganta.

—Serán muchos los que recorran ese camino antes de que la luna salga de nuevo —dijo Balu—. Kaa tendrá una buena caza…, a su manera.

—Pero, ¿qué significaba todo aquello? —preguntó Mowgli, que nada sabía del poder de fascinación de una pitón—. Yo solo he visto a una serpiente muy grande que hacía unos círculos absurdos hasta que dejó de haber luz. Y tenía la nariz hecha una pena, ¡ja, ja!

—Mowgli —dijo Baguira muy indignado—, Kaa tiene magullada la nariz por tu culpa, y por tu culpa he recibido yo las mordeduras que tengo en las orejas, en los costados y en las patas, y Balu las que lleva en el cuello y en los hombros. Ni Balu ni Baguira van a poder cazar a gusto durante muchos días.

—¿Qué importa eso? —dijo Balu—. Tenemos otra vez a nuestro cachorro de hombre.

—Cierto, pero nos ha hecho perder mucho tiempo (que podríamos haber empleado en una buena caza) y mucha sangre y mucho pelo (llevo media espalda pelada) y, por último, mucho honor también. Porque, recuérdalo, Mowgli, yo, que soy la pantera negra, me he visto obligada a recurrir a Kaa para pedirle protección, y cuando ha bailado la danza del hambre Balu y yo hemos hecho el tonto como dos pajaritos. Y todo eso, cachorro de hombre, es consecuencia de tus juegos con los *bandar-log*.

—Tienes toda la razón —admitió Mowgli, muy pesaroso—. Soy un cachorro de hombre malvado y siento la tristeza en el estómago.

—¡Hummm...! ¿Qué dice la ley de la selva, Balu?

Balu no quería causarle más problemas a Mowgli, pero no podía infringir[55] la ley, por lo que no le quedó más remedio que decir, lo más bajo que pudo:

—El arrepentimiento no libra del castigo. Pero recuerda, Baguira, que Mowgli es aún muy pequeño.

—Lo recuerdo, pero ha cometido una falta y debe recibir los golpes que le corresponden. ¿Tienes algo que alegar,[56] Mowgli?

—Nada. He obrado mal. Balu y tú estáis heridos. Es justo que me castigues.

Baguira le dio entonces media docena de golpes afectuosos. Desde su punto de vista de pantera, eran poco más que caricias con las que apenas habría podido despertar a uno de sus cachorros; pero, para un niño de siete años, constituyeron una paliza colosal que ninguno de vosotros hubiera deseado recibir. Cuando todo hubo terminado, Mowgli estornudó y se puso en pie sin decir una palabra.

—Ahora —dijo Baguira—, sube a mi lomo, hermanito, porque volvemos a casa.

Una de las cosas hermosas de la ley de la selva es que el castigo salda[57] todas las deudas. Después no se vuelve a hablar más del asunto.

Mowgli apoyó la cabeza en la espalda de Baguira y durmió tan a pierna suelta que ni siquiera se despertó cuando sus amigos lo dejaron junto a mamá loba en la cueva donde el muchacho tenía su hogar.

---

55 **infringir**: no cumplir o desobedecer una ley.
56 **alegar**: decir algo en defensa propia.
57 **salda**: liquida, paga.

Como alegres cometas volamos,
y la luna recela en el cielo
cuando ve nuestras grandes figuras.
¿No envidiáis las cabriolas[58] que damos?
¿No querríais tener cuatro manos?
Admirad nuestra espléndida cola:
es hermosa, ligera y curvada
como el arco que lleva Cupido.[59]
Olvidad vuestro enfado, ya está.
Hermanitos, tenéis una cola
que os cuelga de atrás.

En las copas más altas charlamos,
y no hay nadie más listo y más sabio
ni que sueñe mayores hazañas
que nosotros, los monos peludos.
Grandes cosas haremos mañana,
pues tenemos brillantes ideas
que pensamos en medio minuto.
¡Es tan fácil soñarlas, decirlas
y luego olvidarlas! ¡Qué más da!
Hermanitos, tenéis una cola
que os cuelga de atrás.

Las palabras que oímos saltando
por las copas de todos los árboles,

---

58 **cabriola**: voltereta.
59 La mitología griega representa a **Cupido**, dios del amor, como un niño con los ojos vendados y un arco en la mano. Dispara flechas con las que consigue provocar el amor o el aborrecimiento de la persona herida con ellas.

pronunciadas por ranas o peces,
por murciélagos, aves o fieras,
repetimos deprisa y mezclándolas.
¡Maravilla lo sabios que somos!
Magistral, excelente, asombroso
es que hablemos igual que los hombres.
Finjamos que somos… ¡Qué más da!
    Hermanitos, tenéis una cola
    que os cuelga de atrás.

Gracias a esta canción ya sabéis cómo somos
los monos que llevamos una vida de monos.
Únete a nuestra tropa y pasarás tus lunas
saltando entre los árboles y devorando uvas.
La suciedad, el ruido y el caos[60] nos apasionan:
eso quiere decir que haremos grandes cosas.

---

60 **caos**: desorden o confusión grandes.

¡Al tigre! ¡Al tigre!

¿Ya has cobrado tu pieza, cazador aguerrido?
La esperé mucho, hermano, y pasé mucho frío.
¿Qué pasó con la presa que estabas persiguiendo?
Aún sigue viva, hermano, y debe de andar lejos.
¿Qué ha sido de la fuerza de la que presumías?
Estoy herido, hermano, y escapa por mi herida.
¿A qué viene esa prisa? ¿Por qué aprietas el paso?
Regreso a mi guarida para morir, hermano.

Ahora vamos a volver al primer relato. Cuando Mowgli abandonó la cueva de sus padres adoptivos después de la pelea con la manada en el Peñasco del Consejo, descendió a las tierras cultivadas donde vivían los campesinos, pero no se detuvo allí, porque aquel paraje estaba demasiado cerca de la selva y porque no se le ocultaba que se había granjeado[1] al menos un peligroso enemigo en el Consejo. De manera que apretó el paso y siguió a buen trote el accidentado camino que recorría el fondo del valle durante treinta kilómetros, hasta que por fin llegó a una región que le era desconocida. El valle se transformaba allí en una gran llanura salpicada de rocas y atravesada por barrancos. En un extremo se alzaba una aldea y, en el otro, la densa selva se convertía de pronto en pastizales,[2] y allí se acababa en seco como si la hubieran cortado con una azada. Por toda la llanura pastaban búfalos y ganado vacuno, y cuando los niños que guardaban las vacadas vieron a Mowgli, empezaron a gritar y echaron a correr, y los perros parias

---

1 **se había granjeado**: se había ganado.
2 **pastizal**: terreno abundante en *pastos* (hierba que come el ganado en el campo).

de color amarillento que merodean[3] por todas las aldeas de la India se pusieron a ladrar. Mowgli siguió adelante, porque tenía hambre, y cuando llegó a la puerta de la aldea vio que el gran seto de espinos que colocaban delante de la puerta al anochecer había sido retirado a un lado.

—¡Hummm...! —dijo, porque en sus expediciones nocturnas en busca de comida ya se había topado más de una vez con una barrera como aquella—. De manera que también aquí los hombres tienen miedo del pueblo de la selva.

Mowgli se sentó junto a la puerta y, cuando vio salir a un hombre, se puso en pie, abrió la boca y se la señaló con el dedo para indicar que quería comer. El hombre lo miró sorprendido, se dio la vuelta y corrió por la única calle de la aldea llamando a gritos al sacerdote, que era un hombre grande y gordo vestido de blanco que llevaba pintada una señal roja y amarilla en la frente.[4] El sacerdote acudió a la puerta de la aldea acompañado por al menos un centenar de personas, que empezaron a hablar y a gritar y a señalar a Mowgli con el dedo.

«La tribu de los hombres no tiene modales», se dijo Mowgli; «solo los monos grises se comportarían así».

Luego echó hacia atrás su larga melena y frunció el ceño[5] a la multitud.

—¿Qué motivo hay para tenerle miedo? —dijo el sacerdote—. Mirad las señales que tiene en los brazos y las piernas. Son mordiscos de lobo. No es más que un niño lobo que ha huido de la selva.

---

3 **merodean**: van de un lugar para otro curioseando o en busca de algo. Los **perros parias** reciben el nombre de la casta social más baja para dar a entender que son vagabundos o medio salvajes.

4 La **señal roja y amarilla** en la frente indica que el hombre pertenece a los *brahmanes*, esto es, la casta sacerdotal de los hindúes.

5 **frunció el ceño**: arrugó la frente en señal de enfado.

No hace falta decir que, cuando los lobeznos se ponían a jugar con Mowgli, le mordían a menudo con más fuerza de la que se pensaban, con lo que a la larga le dejaron varias cicatrices blancas en los brazos y las piernas. Pero a Mowgli nunca se le hubiera ocurrido llamarlas mordiscos, porque sabía muy bien lo que era una verdadera dentellada.

—¡Vaya! —dijeron dos o tres mujeres al mismo tiempo—. ¡Pobrecillo, le han mordido los lobos! Es un chico guapo. Tiene los ojos brillantes como brasas. Juraría, Messua, que se parece al muchacho que te robó el tigre.

—Dejadme ver —intervino una mujer que llevaba pesados brazaletes de cobre en las muñecas y los tobillos, y que se puso a examinar con atención a Mowgli usando la mano a modo de visera—. Se parece, pero no es él. Está más delgado, aunque bien mirado tiene los mismos rasgos que mi niño.

El sacerdote era una persona inteligente y sabía que Messua estaba casada con el hombre más rico de la aldea. De manera que levantó los ojos al cielo por espacio de un minuto y luego dijo solemnemente:

—Lo que la selva te quitó, la selva te lo devuelve. Llévate al chico a tu casa, hermana mía, y no olvides honrar a este sacerdote que es capaz de desvelar el futuro en la vida de los hombres.

«¡Por el toro que me compró», se dijo Mowgli, «pero si toda esta cháchara[6] no es más que otro examen como el de la manada! Bueno, si soy un hombre tendré que convertirme en un hombre».

La multitud se dispersó al ver que la mujer hacía señas a Mowgli para que la acompañase a su choza, donde había una

---

6 **cháchara**: conversación sobre cosas sin importancia.

cama lacada en rojo, una vasija grande de arcilla para los cereales con curiosos dibujos en relieve, media docena de cacerolas de cobre, una imagen de un dios hindú en un pequeño nicho[7] y un espejo de verdad, como los que se venden en los mercados rurales, colgado de la pared.

La dueña de la casa le dio a Mowgli un buen tazón de leche y algo de pan; luego le puso la mano en la cabeza y le miró a los ojos, quizás porque pensaba que podía ser de verdad el hijo que regresaba de la selva, adonde el tigre se lo había llevado. Así que dijo:

—¡Nathu! ¡Ah, Nathu!

Pero no pareció que el muchacho reconociera aquel nombre.

—¿No recuerdas el día en que te compré los zapatos nuevos?

Le tocó el pie, pero estaba casi tan duro como el asta de un toro.

—No —añadió con tristeza—, esos pies nunca han usado zapatos. Sin embargo, te pareces mucho a mi Nathu y serás mi hijo.

Mowgli se sentía incómodo, porque no había estado nunca bajo techo, pero, al examinar el techo de bálago,[8] vio que podría romperlo en cualquier momento si quería escapar; también comprobó que la ventana carecía de pestillo.

«¿De qué sirve ser hombre cuando uno no entiende el lenguaje de los seres humanos?», se dijo al fin. «Ahora mismo estoy tan tonto y tan mudo como un hombre que se encontrara entre nosotros en la selva. Debo aprender su lengua».

---

7 **nicho**: hueco hecho en la pared para colocar algo.
8 **bálago**: paja larga de los cereales después de quitada la espiga.

Mientras vivía con los lobos, Mowgli había aprendido por necesidad a imitar el grito de desafío de los machos en la selva y el gruñido del jabalí. De manera que, tan pronto como Messua pronunciaba una palabra, Mowgli la repetía casi a la perfección, y antes de que cayera la noche había aprendido el nombre de muchos de los objetos de la choza.

Tuvieron problemas a la hora de acostarse, porque Mowgli no quería dormir en el interior de algo que, como aquella casa, se parecía tanto a una trampa para panteras, así que, cuando cerraron la puerta, salió por la ventana.

—Deja que haga lo que quiera —dijo el marido de Messua—. Piensa que jamás ha dormido en una cama. Si de verdad nos ha sido enviado para reemplazar a nuestro hijo, no se escapará.

Así que Mowgli se tumbó sobre la alta y limpia hierba que crecía junto a los campos de cultivo; pero, antes de que hubiera cerrado los ojos, un suave hocico gris le rozó la barbilla.

—¡Uf! —dijo el hermano gris, que era el mayor de los cachorros de mamá loba—. ¡Menuda recompensa por haberte seguido treinta kilómetros! Ya hueles a humo de leña y a ganado, igual que un hombre. Despierta, hermanito; te traigo noticias.

—¿Están todos bien en la selva? —preguntó Mowgli, dándole un abrazo.

—Todos menos los lobos que se quemaron con la flor roja. Pero ahora escúchame: Shier Kan se ha marchado a cazar muy lejos hasta que vuelva a crecerle el pelo, porque se lo dejaste muy chamuscado. Pero ha jurado que cuando regrese arrojará tus huesos al Wainganga.

—Pues ya somos dos, porque sobre ese asunto yo también he hecho una modesta promesa. De todas formas, siempre es

bueno estar al corriente de lo que pasa. Hoy estoy cansado, muy cansado: me han sucedido tantas cosas nuevas, hermano gris... Pero no dejes de informarme de lo que pasa.

—¿No te olvidarás de que eres un lobo? ¿Conseguirán los hombres que lo olvides? —preguntó con ansiedad el hermano gris.

—Nunca. Siempre recordaré lo mucho que os quiero a ti y a todos los de nuestra cueva, pero también recordaré siempre que me han expulsado de la manada.

—Pues no olvides que también pueden expulsarte de otra manada. Los hombres no son más que hombres, hermanito, y sus parloteos se parecen a las charlas de las ranas en los estanques. Cuando vuelva la próxima vez, te esperaré entre los bambúes del borde de la pradera.

En los tres meses que siguieron a aquella noche, Mowgli apenas cruzó la puerta de la aldea, porque estaba muy ocupado aprendiendo las maneras y costumbres de los seres humanos. Para empezar, debió taparse el cuerpo con un pedazo de tela, lo que le molestó mucho; más tarde tuvo que aprender a utilizar el dinero, que era algo que no entendía en absoluto, e incluso a arar la tierra, otra cosa cuya utilidad se le escapaba. Además, los niños de la aldea le sacaban de sus casillas.[9] Por fortuna, la ley de la selva le había enseñado a mantener la calma, porque en la jungla la vida y el alimento dependen de saber mantener la calma; pero cuando se burlaban de él porque no jugaba con ellos ni echaba cometas a volar, o porque pronunciaba mal alguna palabra, solo la convicción de que no era juego limpio matar a cachorros indefensos le impedía cogerlos y partirlos por la mitad.

---

9 **le sacaban de sus casillas**: le enfurecían.

No era consciente en absoluto de su fuerza. Cuando estaba en la selva se sabía débil en comparación con otros animales, pero en la aldea la gente decía que era fuerte como un toro.

También ignoraba, desde luego, lo que es tener miedo, porque cuando el sacerdote de la aldea le dijo que el dios del templo se enfadaría con él si se comía sus mangos,[10] se apoderó de la imagen, fue con ella a la casa del sacerdote y le pidió que enfureciera al dios, porque con mucho gusto pelearía con él. El escándalo fue tremendo, pero el sacerdote consiguió acallarlo y el marido de Messua tuvo que hacer un generoso donativo para apaciguar al dios.[11]

Mowgli, por otra parte, no tenía ni la más remota idea de lo que significan las diferencias de casta entre unos hombres y otros. Cuando el asno del alfarero se cayó en el pozo de arcilla, Mowgli lo sacó tirándole del rabo y ayudó a su dueño a apilar sobre el burro los cacharros que se disponía a llevar al mercado de Kanhiwara. Eso sorprendió mucho a los aldeanos, porque el alfarero era una persona de casta inferior y su borrico todavía más.[12] Cuando el sacerdote le reprendió por aquello, Mowgli amenazó con montarlo a él en el asno, por lo que el sacerdote le dijo al marido de Messua que sería mejor poner a trabajar al muchacho cuanto antes. El jefe de la aldea le explicó a Mowgli que tendría que ocuparse de los búfalos al día siguiente y vigilarlos mientras pastaban. Nadie se alegró tanto como el chico; y aquella noche, puesto que, por así decirlo, había sido nombrado servidor de la aldea, asistió a una

---

10 **mango**: fruto amarillo y comestible del árbol del mismo nombre.

11 Esto es, 'tuvo que entregar bastante dinero para calmar al dios'.

12 Tal y como escribió el padre de Kipling, en la India solo las personas de baja condición social o pertenecientes a las castas inferiores poseen un burro o montan en él.

tertulia que se celebraba todas las noches en un estrado de mampostería[13] bajo una gran higuera. Era algo así como el club de la aldea, y el cacique,[14] el vigilante, el barbero (que estaba al tanto de todos los chismes de la comunidad) y el viejo Buldeo, el cazador del pueblo, que tenía un viejo mosquete,[15] se reunían allí y fumaban. Los monos se ponían a parlotear en las ramas altas, y debajo del estrado había un agujero donde vivía una cobra a la que todas las noches le ofrecían un platillo con leche porque era sagrada.[16] Los ancianos que se sentaban en torno al árbol hablaban y aspiraban el humo de sus grandes *hukas* ('narguiles')[17] hasta muy avanzada la noche. Allí se contaban historias maravillosas sobre dioses, hombres y fantasmas; y Buldeo contaba otras, más maravillosas aún, sobre las costumbres de las fieras de la selva, hasta que a los niños que escuchaban en la parte exterior del corro de los mayores se les ponían los ojos como platos. La mayoría de los cuentos eran sobre animales, pues los aldeanos tenían la selva al lado: los ciervos y los jabalíes escarbaban en sus cultivos y, de vez en cuando, el tigre se llevaba a alguien al anochecer muy cerca de la puerta de la aldea.

Mientras Buldeo, con el viejo mosquete sobre las rodillas, pasaba de una historia maravillosa a otra todavía más extra-

---

13 **estrado de mampostería**: plataforma construida con piedras sin labrar.
14 **cacique**: persona que tiene poder e influencia y actúa como si fuera el dueño del lugar en que vive.
15 **mosquete**: especie de fusil antiguo en que la bala se cargaba por la boca del cañón y que se disparaba con una carga de pólvora.
16 Pese a que cada año las **cobras** acaban con la vida de miles de personas en la India, esta serpiente venenosa ha sido venerada desde muy antiguo en este país y en Egipto.
17 **narguile**: pipa para fumar con un tubo largo y flexible; tiene un recipiente con agua perfumada a través del cual pasa el humo antes de llegar a la boca.

ordinaria, Mowgli, que, como es lógico, sabía algo de todo aquello, se tapaba la boca para que no se notara que se estaba riendo, si bien no podía evitar que, al reír, el movimiento convulsivo[18] de los hombros lo delatase.

En aquel momento, Buldeo estaba contando que el tigre que se había llevado al hijo de Messua era un tigre fantasma, y que su cuerpo estaba habitado por el espíritu de un viejo y malvado prestamista que había muerto algunos años antes.

—Y sé que eso es cierto —añadió— porque Purun Dass siempre cojeaba a causa del golpe que recibió durante una revuelta, cuando quemaron sus libros de contabilidad, y el tigre del que os hablo también cojea, pues sus patas dejan huellas desiguales.

—Es verdad, es verdad; seguro que es tal y como dice Buldeo —asintieron a coro los ancianos de barba gris.

—¿Acaso hay entre vuestros cuentos alguno que no sea pura invención y fantasía? —preguntó Mowgli—. El tigre del que habla Buldeo cojea porque nació cojo, como todo el mundo sabe. Decir que una bestia con menos coraje que un chacal está poseída por el alma de un prestamista es cosa de niños.

Por un momento, Buldeo enmudeció a causa de la sorpresa, y el cacique miró fijamente a Mowgli.

—¡Vaya, vaya! Ése es el mocoso que salió de la selva, ¿verdad? —dijo Buldeo—. Si eres tan listo, ¿por qué no le arrancas la piel a ese tigre y la llevas a Kanhiwara? El gobierno ha ofrecido una recompensa de cien rupias[19] a quien lo mate. Pero será mejor que calles cuando hablan los mayores.

---

18 **movimiento convulsivo**: contracción y distensión bruscas y repetidas de los músculos.
19 **rupia**: moneda oficial de la India. En la época en que transcurre el relato, cien rupias era una cantidad considerable de dinero.

Mowgli se levantó para marcharse.

—He estado escuchando aquí toda la noche —dijo con desdén,[20] mirando por encima del hombro— y, a excepción de una o dos veces, Buldeo no ha dicho una sola cosa cierta sobre la selva, y eso que la tiene a las puertas de su casa. Así que ¿cómo voy a creerme sus historias sobre los fantasmas, dioses y duendes que dice haber visto?

—Ya es tiempo de que ese muchacho salga a guardar los rebaños —dijo el cacique mientras Buldeo bufaba y resoplaba a causa de la impertinencia de Mowgli.

En la mayoría de las aldeas de la India existe la costumbre de que unos cuantos niños saquen a pastar a las vacas y a los búfalos a primera hora de la mañana y regresen con ellos al caer la tarde; y los mismos animales que patearían hasta matarlo a un hombre blanco permiten que unos niños que apenas les llegan al hocico los golpeen, los provoquen y les griten. Mientras los niños no se separan de los rebaños, están a salvo, porque ni siquiera el tigre se atreve a atacar a un grupo numeroso de ganado. Pero si se quedan rezagados[21] recogiendo flores o cazando lagartos, corren el peligro de desaparecer para siempre.

Mowgli atravesó la única calle de la aldea al amanecer, montado a horcajadas[22] sobre Rama, el gran toro que dominaba el rebaño; y los búfalos, de color azul pizarra, con largos cuernos vueltos hacia atrás y ojos feroces, salieron de los establos de uno en uno para seguirlo. Mowgli dejó bien claro a los niños que lo acompañaban que el jefe era él. A los búfalos

---

20 **desdén**: desprecio.
21 **se quedan rezagados**: se quedan atrás.
22 **a horcajadas**: manera de sentarse sobre algo que consiste en echar una pierna por cada lado.

los golpeaba con una caña de bambú larga y reluciente y a Kamia, uno de los pequeños, le dijo que llevaran a pastar a las vacas mientras él se ocupaba de los búfalos, y que por nada del mundo se alejaran del rebaño.

Un pastizal de la India es una extensión de rocas, arbustos, hierbas y barrancos poco profundos por donde los rebaños se dispersan hasta perderse de vista. Los búfalos, en general, prefieren las charcas y los parajes con lodo, donde se pasan horas revolcándose o tomando el sol tendidos en el barro tibio. Mowgli los condujo hasta el límite de la llanura, donde el río Wainganga salía de la selva. Una vez allí, saltó del lomo de Rama y se acercó trotando hasta un bosquecillo de bambúes, donde encontró al hermano gris.

—¡Ah! Llevo muchos días esperándote —exclamó el lobo—. Pero, ¿cómo es que trabajas guardando ganado?

—Me han obligado —respondió Mowgli—: voy a ser el pastor de la aldea durante una temporada. Y tú, ¿qué noticias me traes de Shier Kan?

—Regresó a nuestro territorio, y te ha estado esperando allí durante mucho tiempo. Ahora ha vuelto a marcharse, porque escasea la caza, pero se ha propuesto matarte.

—Muy bien —dijo Mowgli—. Mientras Shier Kan esté ausente haz el favor de colocarte tú, o cualquiera de mis hermanos, sobre esa roca, de manera que os vea cuando salga de la aldea. Cuando regrese ese ladrón de ganado, espérame en el barranco junto al *dhâk*,[23] en el centro de la llanura. No hace falta que nos metamos en la boca de Shier Kan.

Luego Mowgli buscó un lugar sombreado y se tumbó a dormir mientras los búfalos pastaban a su alrededor.

---

23 *dhâk*: árbol frondoso cuyas flores son de color naranja rojizo.

Cuidar de un rebaño en la India es uno de los trabajos más descansados del mundo. El ganado cambia de sitio al tiempo que pace; luego se tumba y después cambia otra vez de sitio, y ni siquiera muge: se limita a gruñir. Los búfalos raras veces dicen nada: tan solo se meten uno tras otro en las charcas llenas de lodo y se hunden en el barro hasta que solo les sobresalen el hocico y los ojos, que parecen de porcelana azul, y allí se quedan inmóviles como estatuas.[24] El sol hace bailar a las rocas a causa de la calina[25] y los pastorcillos oyen silbar a un milano (nunca a más de uno), pero el ave rapaz vuela a tanta altura que resulta casi invisible, y saben que, si ellos se estuvieran muriendo, o si se estuviera muriendo una vaca, aquel milano descendería, y otro milano, a kilómetros de distancia, lo vería lanzarse hacia el suelo y lo seguiría, al igual que otro más y otro más, y antes casi de que el corazón del agonizante[26] dejara de latir, una veintena de milanos hambrientos se habrían lanzado sobre él, como salidos de la nada. A lo largo del día los niños duermen, se despiertan y duermen de nuevo, tejen cestitos con tallos secos de hierba en los que meten saltamontes, o cazan dos mantis religiosas[27] y hacen que se peleen, o ensartan un collar rojo y negro de bayas de la selva, o contemplan cómo un lagarto disfruta del sol sobre una roca o cómo una serpiente caza una rana cerca del lodazal. Luego cantan larguísimas canciones que acaban con un trino típico del país, y el día parece más largo que la vida entera de la mayoría de las personas. Quizá construyan un castillo de ba-

---

24 El barro en el que se revuelcan los búfalos en la India forma una capa seca sobre la piel que les defiende de las picaduras de tábanos e insectos.
25 **calina**: neblina que enturbia el aire.
26 **agonizante**: ser vivo que está muriendo.
27 **mantis religiosa**: insecto de cuerpo muy alargado y cabeza triangular.

rro con figuras de hombres y caballos y búfalos, y pongan juncos en las manos de los hombres de barro y finjan que ellos son reyes y que las figuras son sus ejércitos, o que son dioses a quienes se ha de rendir culto. Por último, al caer la tarde, los niños lanzan su grito y los búfalos emergen poco a poco del barro pegajoso con un ruido similar al de una sucesión de disparos y, en larga fila, atraviesan la llanura gris de regreso a las luces parpadeantes de la aldea.

Un día tras otro Mowgli conducía a los búfalos hasta aquellos lodazales, un día tras otro veía el lomo del hermano gris a través de la extensa llanura, a más de dos kilómetros de distancia (lo que le permitía saber que Shier Kan no había vuelto aún), y un día tras otro se tumbaba en la hierba para escuchar los ruidos a su alrededor y soñar con sus viejos tiempos en la selva. Si Shier Kan, con su pata coja, hubiese dado un paso en falso en la selva próxima al río Wainganga, no hay duda de que Mowgli lo habría oído en aquellas largas y silenciosas mañanas.

Pero llegó al fin un día en que no vio al hermano gris en el sitio convenido, y Mowgli se echó a reír y llevó a los búfalos hacia el barranco junto al *dhâk*, cubierto por entonces con flores de color rojo dorado. Allí le esperaba el hermano gris, con todos los pelos del lomo erizados.

—Se ha escondido durante un mes para que bajaras la guardia y pudiera pillarte desprevenido. Anoche cruzó los montes con Tabaqui, buscando tu rastro a toda prisa —dijo el lobo, jadeante.

Mowgli frunció el ceño.

—Shier Kan no me da miedo, pero Tabaqui es muy astuto.

—Pues nada debes temer ya de Tabaqui —dijo el hermano gris, pasándose la lengua por el hocico—. Tuve un encuentro con él al amanecer. Ahora está en los cielos contándole todo lo que sabe a los milanos, pero antes de que le partiera el espinazo[28] me lo confesó todo a mí. El plan de Shier Kan consiste en esperarte esta noche a la puerta de la aldea: a ti y solo a ti. Ahora está tumbado en el gran barranco seco del Wainganga.

—¿Ha comido ya, o va de caza con la tripa vacía? —preguntó Mowgli, porque la diferencia entre una cosa u otra era para él cuestión de vida o muerte.

—Mató un cerdo al amanecer, y también ha bebido. Recuerda que Shier Kan es incapaz de ayunar, incluso cuando piensa en vengarse.

—¡Estúpido, más que estúpido! ¡Nunca dejará de ser un ingenuo cachorro! Se atiborra de comida y bebida ¡y cree que voy a esperar a que haya dormido! Pero, ¿dónde dices que está descansando ahora? Bastaría con diez de nosotros para arrastrarlo hasta aquí. Los búfalos que pastoreo sólo lo atacarán si lo olfatean, y yo no conozco su lengua. ¿Podríamos seguirle el rastro a Shier Kan para que los búfalos puedan olerlo?

—Ha cruzado el Wainganga río abajo precisamente para evitar que eso pasara —dijo el hermano gris.

—Seguro que se lo aconsejó Tabaqui. A Shier Kan nunca se le habría ocurrido —dijo Mowgli, y se quedó pensativo con un dedo metido en la boca—. El gran barranco del Wainganga se abre en la llanura a menos de un kilómetro de aquí. Podría llevar a la manada dando un rodeo a través de la selva hasta el principio del barranco, y después bajar…, pero Shier Kan lograría escabullirse. Hemos de bloquearle la salida. Hermano gris, ¿serías capaz de dividir la manada en dos?

---

28 Esto es, 'antes de que lo matara'. El **espinazo** es la columna vertebral de los animales.

—Quizá yo no…, pero he traído un ayudante con mucha experiencia.

El hermano gris se alejó al trote y se metió en un agujero. Luego asomó por allí una gran cabeza gris que Mowgli conocía a la perfección, y el aire cálido de la llanura se llenó con uno de los gritos más desolados de la selva: el aullido de caza de un lobo al mediodía.

—¡Akela! ¡Akela! —exclamó Mowgli, dando palmas—. Debería haber sabido que no me olvidarías. Tenemos mucho trabajo por delante. Divide al rebaño en dos, Akela. Por un lado, las hembras y los becerros; por el otro, los machos y los búfalos que labran la tierra.

Los dos lobos echaron a correr y entraron y salieron una y otra vez de la manada, como dos damas que bailan una contradanza.[29] Al fin, entre bufidos y amagos de acometida, lograron separar el rebaño en dos grupos. En uno, con sus crías en el centro, se hallaban las búfalas, que golpeaban el suelo con las pezuñas y miraban con furia, dispuestas, si un lobo hubiera permanecido quieto durante un momento, a arremeter contra él y a pisotearlo hasta quitarle la vida. En el otro grupo, también los machos adultos y los más jóvenes pateaban el suelo y resoplaban; pero, aunque impresionaban más, eran menos peligrosos, porque no tenían crías que defender. Media docena de hombres no habría podido separar a la manada con mayor precisión.

—¿Qué ordenas ahora? —jadeó Akela—. Intentan reunirse de nuevo.

Mowgli se subió a lomos de Rama y contestó:

---

29 **contradanza**: baile en que los hombres forman una hilera y las mujeres se mueven por entre ellos como enhebrándose.

—Aparta a los machos hacia la izquierda, Akela. Y tú, hermano gris, cuando nos hayamos marchado, mantén juntas a las hembras y llévalas al final del barranco.

—¿Hasta dónde? —preguntó el hermano gris, jadeando y lanzando dentelladas.

—¡Hasta que las paredes del barranco sean demasiado altas para que Shier Kan pueda saltar! —le gritó Mowgli—. Mantenlas allí hasta que lleguemos nosotros.

Al oír el aullido de Akela, los machos se pusieron en camino; mientras tanto, el hermano gris se plantaba ante las hembras, que arremetieron contra él; entonces el lobo echó a correr delante de ellas en dirección al barranco en tanto que Akela se llevaba a los machos hacia la izquierda.

—¡Buen trabajo! Otra embestida y estarán casi a punto. Ahora, cuidado… ¡Cuidado, Akela! Una dentellada de más y los machos se te echarán encima. *¡Huyah!* Este trabajo es más duro que acorralar antílopes. ¿Se te había ocurrido pensar que estos animales pudieran ir tan deprisa? —preguntó Mowgli.

—También… también yo los he cazado en mis buenos tiempos —jadeó Akela envuelto en una densa polvareda—. ¿Los llevo hacia la selva?

—¡Sí! ¡Llévalos cuanto antes! Rama está ciego de rabia. ¡Ah! ¡Si pudiera decirle lo que necesito que haga!…

Esta vez hicieron girar los machos hacia la derecha, y la manada penetró en la selva aplastando la frondosa vegetación. Los otros pastorcillos, que, con el resto del ganado, contemplaban la escena a menos de un kilómetro, echaron a correr a toda velocidad hacia la aldea, gritando que los búfalos se habían vuelto locos y habían escapado.

Pero el plan de Mowgli era muy sencillo. Solo trataba de dar un gran rodeo pendiente arriba hasta el principio del barranco para hacer descender a la manada desde allí y atrapar a Shier Kan entre los búfalos y las búfalas, porque sabía que, después de comer y de beber hasta saciarse, Shier Kan no estaría en condiciones ni de luchar ni de trepar por las empinadas paredes del barranco. Mowgli apaciguaba a los búfalos con la voz mientras que Akela, que se había quedado muy atrás, se limitaba a lanzar de vez en cuando un grito ahogado para que la retaguardia acelerase. Tuvieron que dar un rodeo muy grande porque no querían acercarse demasiado al barranco y que Shier Kan, por tanto, advirtiera su presencia. Finalmente Mowgli reunió a los desconcertados animales al borde del barranco, en una pequeña explanada cubierta de hierba que descendía de forma abrupta hacia el fondo de la quebrada. Desde aquella altura era posible ver la llanura más allá de las copas de los árboles, pero lo que Mowgli examinó fueron las paredes del barranco y pudo comprobar, con gran satisfacción, que eran casi verticales, y que las enredaderas y plantas trepadoras no servirían de apoyo a un tigre que quisiera escapar.

—Déjalos que descansen, Akela —dijo Mowgli alzando un brazo—. Aún no lo han olido. Déjalos que tomen aliento. He de decirle a Shier Kan quién está aquí. Ya lo tenemos en la trampa.

Poniendo las manos a ambos lados de la boca, Mowgli gritó barranco abajo (era casi como gritar en la boca de un túnel), y el eco retumbó de roca en roca.

Después de un largo rato llegó la respuesta: el gruñido perezoso y somnoliento de un tigre con la tripa llena que acaba de despertarse.

—¿Quién llama? —dijo Shier Kan, y un espléndido pavo real echó a volar entre chillidos desde el fondo del barranco.

—Soy yo, Mowgli. ¡Ha llegado la hora de que te presentes en el Peñasco del Consejo, ladrón de ganado! ¡Abajo, Akela, hazlos correr hacia abajo! ¡Abajo, Rama, abajo!

El rebaño se detuvo un momento al borde de la pendiente, pero Akela lanzó el grito de caza de los lobos con toda la fuerza de sus pulmones, y los búfalos se precipitaron unos sobre otros, exactamente como los barcos de vapor cruzan un rápido a toda máquina, escupiendo arena y piedras a su alrededor. Una vez iniciada la carrera, nadie podía detenerlos, y antes de llegar al fondo del barranco Rama olfateó a Shier Kan y lanzó un bramido.

—¡Ajá! —dijo Mowgli, que cabalgaba sobre él—. ¡Ya lo has descubierto!

Y el torrente de negros cuernos, hocicos cubiertos de espuma y ojos desorbitados descendió por la pendiente como un río de grandes piedras en época de inundaciones, mientras los búfalos más débiles eran empujados hacia los lados, por donde avanzaban rompiendo las enredaderas. Sabían ya la tarea que les esperaba: la terrible acometida de la manada de búfalos, frente a la cual ningún tigre tiene esperanzas de sobrevivir. Shier Kan oyó el trueno de las pezuñas, se levantó y avanzó pesadamente por el barranco, buscando a ambos lados algún camino para escapar; pero las paredes parecían cortadas a pico y tuvo que seguir adelante, con la barriga pesada de tanto comer y beber, por lo que nada le apetecía menos que luchar. La manada cruzó con estruendo la charca que el tigre acababa de abandonar, bramando hasta que la estrecha hendidura del barranco empezó a retumbar.

Mowgli oyó la respuesta de las búfalas al otro extremo del barranco y vio que Shier Kan se daba la vuelta: el tigre sabía que, en el peor de los casos, siempre era mejor enfrentarse a

los machos que a las hembras y sus crías. Al instante, Rama tropezó, estuvo a punto de caer, pasó sobre algo blando y, con el resto de los machos pisándole los talones, fue a estrellarse de lleno contra el otro rebaño, con tal furia que los búfalos más débiles saltaron por los aires. La embestida empujó a los dos rebaños hasta la llanura entre multitud de cornadas, coces y bufidos. Mowgli esperó el momento adecuado para saltar del lomo de Rama y luego empezó a repartir golpes a diestro y siniestro con su bastón de bambú.

—¡Rápido, Akela! ¡Sepáralos! Dispérsalos o empezarán a pelearse unos con otros. Aléjalos, Akela. ¡Sooo, Rama! ¡Sooo, sooo, sooo, hijos míos! ¡Id poco a poco ahora! ¡Despacio! Ya todo ha terminado.

Akela y el hermano gris corrieron de aquí para allá mordiendo las patas de los búfalos y, aunque la manada aún se dio la vuelta para embestir una vez más barranco arriba, Mowgli consiguió hacer girar a Rama y después los demás lo siguieron hasta el lodazal donde solían revolcarse.

No hacía falta pisotear más a Shier Kan. Estaba muerto, y los primeros milanos se acercaban ya a por él.

—Ha muerto como un perro, hermanos —dijo Mowgli mientras buscaba el cuchillo que, desde que vivía entre los hombres, llevaba en una funda que se colgaba al cuello—. De todos modos nunca habría luchado cara a cara. *¡Wallah!* Su piel quedará muy vistosa sobre el Peñasco del Consejo. Hemos de ponernos en seguida manos a la obra.

Un muchacho criado entre hombres jamás habría soñado con desollar[30] él solo un tigre de tres metros, pero Mowgli sabía mejor que nadie cómo se adapta al cuerpo la piel de un

---

30 **desollar**: quitar la piel.

118

animal y cómo arrancársela. Era, sin embargo, un trabajo duro, y Mowgli tuvo que cortar y arrancar y gruñir por espacio de una hora, mientras los lobos descansaban o colaboraban tirando de la piel cuando el muchacho se lo pedía.

De pronto, Mowgli sintió una mano en su hombro y, al alzar la vista, vio a Buldeo con su viejo mosquete. Los pastorcillos habían explicado en la aldea que se había producido la estampida de búfalos, y el cazador, muy enfadado, había salido en busca del muchacho para castigarlo por no cuidar mejor de la manada. Los lobos se escondieron en cuanto vieron acercarse al aldeano.

—¿Es que te has vuelto loco? —preguntó Buldeo lleno de indignación—. ¿Te crees capaz de desollar a un tigre? ¿Dónde lo han matado los búfalos? Pero... ¡si es el tigre cojo, y ofrecen una recompensa de cien rupias por su cabeza! Vaya, vaya, has dejado escapar al rebaño, pero haré la vista gorda y puede que hasta te dé una rupia y todo cuando lleve la piel a Kanhiwara y cobre la recompensa.

El cazador se tanteó la ropa en busca del mechero de pedernal y del trozo de acero,[31] y luego se agachó para chamuscarle los bigotes a Shier Kan. La mayoría de los cazadores de la India chamuscan los bigotes de los tigres para impedir que su espíritu los persiga.

—¡Hum! —dijo Mowgli a media voz mientras le arrancaba al tigre la piel de una de las patas delanteras—. ¿De modo que piensas llevarte la piel a Kanhiwara y a lo mejor me das una rupia de la recompensa? Pues me parece que voy a ser yo

---

31 El **mechero de pedernal** consiste en una piedra de cuarzo que, al ser golpeada con un trozo de acero, enciende la yesca con la que se prende fuego a lo que se desea.

quien se quede la piel para sacarle provecho. ¡Venga, viejo, aparta ese fuego!

—¿Cómo te atreves a hablarle así al jefe de los cazadores de la aldea? La suerte y la estupidez de los búfalos te han ayudado a cobrar esta pieza. Si el tigre no hubiera tenido la barriga llena, ahora estaría a treinta kilómetros de aquí. Ni siquiera sabes desollarlo bien, pobre mocoso, ¿y te atreves a decirle a Buldeo que no le queme los bigotes? Mowgli, no te voy a dar ni un ana[32] de la recompensa; una buena paliza es lo que te vas a llevar. ¡Apártate de ese tigre muerto!

—Por el toro que me rescató —dijo Mowgli, que estaba tratando de despellejar un hombro de Shier Kan—, ¿crees que voy a pasarme toda la tarde charlando con un viejo mono como tú? Vamos, Akela, este hombre me está molestando.

Buldeo, que seguía inclinado sobre la cabeza de Shier Kan, se encontró de pronto tumbado en la hierba debajo de un lobo gris, mientras Mowgli seguía desollando al tigre como si estuviera solo en toda la India.

—Sí, sí, Buldeo —dijo entre dientes—. Tienes toda la razón. No me vas a dar ni un ana de la recompensa. Este tigre y yo estábamos en guerra desde hace mucho, muchísimo tiempo, y soy yo quien ha ganado.

Hay que decir, para no ser injustos con Buldeo, que si el hombre hubiera sido diez años más joven y se hubiese encontrado con Akela en el bosque, se habría atrevido a enfrentarse con él; pero un lobo que obedecía las órdenes de un muchacho enzarzado en una guerra personal con un devorador de hombres no era un animal corriente. Aquello eran encantamientos, brujería de la peor especie, y Buldeo se preguntó si el

32 **ana**: moneda india de poco valor.

amuleto[33] que llevaba al cuello le protegería. Siguió tumbado, quieto como un muerto, temiendo a cada instante que también Mowgli se transformara en tigre.

—¡Maharajá! ¡Gran rey! —dijo por fin Buldeo con un ronco susurro.

—Dime —respondió Mowgli sin volver la cabeza y riendo entre dientes.

—Yo solo soy un anciano. Creía que tú no eras más que un pastorcillo. ¿Me das permiso para levantarme e irme, o va a hacerme pedazos tu servidor?

—Vete y que la paz sea contigo. Pero la próxima vez no te entrometas en mi caza. Déjalo marchar, Akela.

Buldeo se alejó renqueando[34] lo más deprisa que pudo, volviendo la cabeza de vez en cuando por si acaso Mowgli se transformaba en algo terrible. Cuando llegó a la aldea contó una historia de magia, encantamientos y brujería que ensombreció la expresión del sacerdote.

Mowgli siguió con su tarea, pero ya anochecía cuando los lobos y él lograron separar por completo la vistosa piel del tigre.

—¡Ahora tenemos que esconderla y llevar a los búfalos a casa! Ayúdame a reunirlos, Akela.

El rebaño se reagrupó entre las brumas del atardecer y, al acercarse a la aldea, Mowgli vio algunas luces y oyó el sonido de las caracolas y de las campanas del templo. Parecía que medio pueblo lo estaba esperando a la entrada. «Están celebrando que he matado a Shier Kan», se dijo. Pero una lluvia de piedras le pasó silbando alrededor de la cabeza, mientras los aldeanos le gritaban:

---

33 **amuleto**: objeto que se cree que trae buena suerte.
34 **renquear**: cojear.

—¡Brujo! ¡Cachorro de lobo! ¡Demonio de la selva! ¡Fuera! ¡Vete enseguida o el sacerdote te convertirá otra vez en lobo! ¡Dispara, Buldeo, dispara!

El viejo mosquete resonó con el estruendo de un disparo, y un búfalo joven mugió de dolor.

—¡Más encantamientos! —gritaron los aldeanos—. ¡Es capaz de desviar las balas! ¡Ha sido tu búfalo, Buldeo!

—¿Qué he hecho yo ahora? —preguntó Mowgli, desconcertado, al ver que la lluvia de piedras arreciaba.[35]

—Esos hermanos tuyos no son muy distintos de nuestra manada —dijo Akela, sentándose con toda calma—. Si las balas quieren decir algo, me huele que desean echarte de la aldea.

—¡Lobo! ¡Cachorro de lobo! —gritó el sacerdote, agitando un tallo de *tulsi*, una planta sagrada parecida a la albahaca.

—¿Ya volvemos a las andadas? La última vez fue por ser un hombre. Y ahora porque soy un lobo. Vámonos, Akela.

Una mujer (era Messua) corrió entre el rebaño y gritó:

—¡Hijo mío, hijo mío! Dicen que eres un hechicero que puede convertirse en animal a su antojo. Yo no lo creo, pero vete, porque de lo contrario te matarán. Buldeo dice que eres un brujo, pero yo sé que lo único que has hecho es vengar la muerte de Nathu.

—¡Vuelve, Messua! —gritaba la multitud—. Vuelve o te lapidaremos[36] también a ti.

Mowgli rió con una mueca de dolor, porque una piedra acababa de darle en la boca.

—Vuelve a la aldea, Messua. No es más que uno de esos estúpidos cuentos que inventan bajo el gran árbol al anochecer.

---

35 **arreciaba**: aumentaba, se hacía más intensa.
36 **lapidar**: lanzar piedras contra alguien.

Al menos he vengado la muerte de tu hijo. Adiós, y corre todo lo que puedas, porque voy a devolverles el rebaño con más rapidez de la que llevan los ladrillos que me arrojan. No soy ningún brujo, Messua. ¡Adiós!

Luego Mowgli exclamó:

—¡Ahora, Akela, reúne al rebaño una vez más!

Los búfalos estaban deseosos de volver a la aldea. Apenas necesitaron los aullidos de Akela para cruzar la puerta como un torbellino, dispersando a la multitud a derecha e izquierda.

—¡Contadlos bien —gritó Mowgli con desprecio—, no sea que os haya robado alguno! ¡Contadlos bien, porque no volveré a apacentar vuestro ganado! Que os vaya bien, hijos de los hombres, y agradecedle a Messua que no vuelva con mis lobos y me dedique a perseguiros de un extremo a otro de la calle para daros caza.

Luego dio media vuelta y se alejó con el lobo solitario, y al levantar los ojos hacia las estrellas se sintió feliz.

—Ya no volveré a dormir en una trampa, Akela. Recojamos la piel de Shier Kan y marchémonos. No, no haremos ningún daño a la gente de la aldea, porque Messua se ha portado muy bien conmigo.

Cuando la luna se alzó sobre la llanura, infundiendo a todo un tono lechoso, los horrorizados aldeanos vieron a Mowgli, acompañado por dos lobos y con un fardo sobre la cabeza, alejándose con el trote veloz del lobo, que devora kilómetros con la rapidez de las llamas. Luego, las campanas del templo doblaron, y las caracolas sonaron con más fuerza que nunca; y Messua lloró y Buldeo adornó el relato de sus aventuras en la selva, llegando incluso a decir que Akela se había erguido sobre sus patas traseras y se había puesto a hablar como un ser humano.

La luna se estaba poniendo cuando Mowgli y los dos lobos llegaron a la colina donde se hallaba el Peñasco del Consejo; antes, sin embargo, se detuvieron en la cueva de mamá loba.

—¡Me han echado de la manada de los hombres, madre! —gritó Mowgli—, pero he cumplido mi palabra y vuelvo con la piel de Shier Kan.

Seguida por los cachorros, mamá loba salió de la cueva caminando con alguna dificultad. Los ojos se le iluminaron vivamente cuando vio la piel del tigre.

—Se lo dije aquel día, cuando metió la cabeza y los hombros en esta cueva para matarte, ranita mía... Le advertí que el cazador acabaría cazado. Bien hecho, hijo mío.

—Bien hecho, hermanito —dijo una voz profunda entre la espesura—. En la selva te echábamos mucho de menos.

Baguira corrió a los pies descalzos de Mowgli. Todos juntos subieron al Peñasco del Consejo y Mowgli extendió la piel sobre la piedra plana donde Akela solía colocarse y la sujetó con cuatro astillas de bambú. Después, Akela se tumbó encima y lanzó la vieja llamada al Consejo exactamente como lo había hecho la primera vez que llevaron allí a Mowgli:

—¡Mirad bien, lobos de la manada!

Desde que el lobo solitario había sido depuesto,[37] la manada no había tenido jefe, y cada cual cazaba y peleaba como mejor le parecía. Pero, por costumbre, los lobos respondieron a la llamada de Akela. Algunos estaban cojos porque habían caído en alguna trampa, otros arrastraban una pata porque los había alcanzado una bala, algunos padecían sarna por haber comido alimentos en mal estado, y muchos se habían perdido sin dejar rastro; pero todos los que quedaban acudieron

---

37 **deponer**: quitarle a alguien el cargo que tiene.

al Peñasco del Consejo y vieron sobre la roca la piel rayada de Shier Kan y las enormes garras colgando al extremo de las patas vacías. Fue entonces cuando Mowgli compuso una canción sin rima, una canción que le subió a la garganta sin esfuerzo, y la fue desgranando[38] a voz en grito, sin parar de saltar sobre la piel de Shier Kan, marcando el ritmo con los pies, hasta que se quedó sin aliento, mientras el hermano gris y Akela aullaban entre estrofa y estrofa.

—¡Mirad bien, lobos de la manada! —dijo Mowgli cuando hubo terminado—. ¿He cumplido mi palabra o no?

Los lobos aullaron: «¡Sí!», y un lobo hecho un guiñapo[39] exclamó:

—¡Guíanos de nuevo, Akela! ¡Guíanos de nuevo, cachorro de hombre, porque estamos cansados de no seguir ninguna ley y queremos volver a ser el pueblo libre!

—No —ronroneó Baguira—, eso no puede ser. Cuando estéis bien comidos, tal vez la locura se apodere de nuevo de vosotros. Por algo os llaman el pueblo libre. Luchasteis por la libertad y es toda vuestra. Coméosla, lobos de la manada.

—La manada de los hombres y la manada de los lobos me han expulsado —dijo Mowgli—, así que, en adelante, cazaré solo en la selva.

—Nosotros cazaremos contigo —dijeron los cuatro lobatos.

De manera que Mowgli se marchó y desde entonces cazó en la selva con los cuatro cachorros. Pero no siempre estuvo solo, ya que algunos años después se convirtió en un hombre y se casó.

Pero ésa es una historia para personas mayores.

---

38 **desgranar**: decir unas cosas detrás de otras.
39 **hecho un guiñapo**: muy débil, enfermizo o raquítico.

CANCIÓN DE MOWGLI

QUE EL MUCHACHO CANTÓ EN EL PEÑASCO DEL CONSEJO MIENTRAS BAILABA SOBRE LA PIEL DE SHIER KAN

Esta es la canción de Mowgli. Yo, el mismo Mowgli, soy quien la canta. Que toda la selva escuche lo que he hecho.

Shier Kan decía: «¡Lo mataré, lo mataré!». Dijo que mataría a Mowgli la rana a las puertas de la aldea cuando la noche empezara a caer.

Shier Kan comió y bebió. Bebe a gusto, Shier Kan, porque ¿quién sabe cuándo volverás a beber? Duerme y sueña que me matas.

Estoy solo en los pastizales. ¡Ven conmigo, hermano gris! ¡Ven conmigo, lobo solitario, porque he avistado una gran pieza!

Trae a los grandes búfalos, los machos de piel azul y ojos coléricos. Llévalos de aquí para allá como yo te ordene. ¿Todavía duermes, Shier Kan? ¡Despierta, vamos, despierta! Aquí llego yo, y los machos vienen detrás.

Rama, el rey de los búfalos, hace retumbar la tierra con sus patas. Aguas del Wainganga, ¿dónde ha ido Shier Kan?

Shier Kan no es como Sahi, que puede hacer agujeros en la tierra, ni como Mao el pavo real, que puede volar. Tampoco es como Mang el murciélago, que se cuelga de las ramas de los árboles. Bambúes jóvenes que crujís todos a la vez, decidme dónde ha ido Shier Kan.

¡Oh! Está allí. ¡Bajo las patas de Rama yace el cojo! ¡Arriba, Shier Kan! ¡Levántate y mata, Shier Kan, que aquí tienes carne! ¡Rómpeles el cuello a los machos!

¡Silencio! Se ha dormido. No lo despertemos, porque su fuerza es grande. Los milanos bajan a verlo. Las hormigas negras lo quieren conocer. Una gran asamblea se celebra en su honor.

¡Alalá! No tengo ropa para cubrirme. Los milanos verán que estoy desnudo. Me da vergüenza encontrarme delante de tanta gente.

Préstame tu abrigo, Shier Kan. Préstame tu alegre abrigo a rayas para ir con él al Peñasco del Consejo.

Por el toro que me rescató hice una promesa, una modesta promesa. Solo me falta tu piel para cumplir con mi palabra.

Con el cuchillo, con el cuchillo de cazador, con el cuchillo que usan los hombres, me agacharé a recoger mi botín.

Aguas del Wainganga, sed testigos de que Shier Kan me da su piel por el amor que me tiene. ¡Tira de aquí, hermano gris! ¡Tira de allí, Akela! Bien pesada es la piel de Shier Kan.

La tribu de los hombres está furiosa. Me lanzan piedras y solo dicen niñerías. Me sangra la boca. He de correr y alejarme cuanto antes.

A través de la noche, de la cálida noche, acompañadme, hermanos míos. Abandonemos las luces de la aldea y busquemos el lugar donde alumbra la luna.

Aguas del Wainganga, sabed que los hombres me han expulsado. No les he hecho ningún daño, pero me tienen miedo. ¿Por qué?

Manada de lobos, vosotros tampoco me habéis aceptado. Se me cierran las puertas de la selva y también las puertas de la aldea. ¿Por qué?

Así como Mang vuela entre las fieras y los pájaros, así he de volar yo entre la selva y la aldea. ¿Por qué?

Bailo sobre la piel de Shier Kan, pero mi corazón está triste. Las piedras de la aldea me han herido en la boca, pero me alegra haber vuelto a la selva. ¿Cómo es posible?

Esos dos sentimientos combaten dentro de mí como dos serpientes en primavera. De mis ojos brota agua, pero río
mientras me cae por las mejillas. ¿Por qué?

Hay en mí dos Mowglis distintos, pero mis pies pisan la piel
de Shier Kan.

Toda la selva sabe que he matado a Shier Kan. ¡Mirad bien,
lobos de la manada!

¡Ahae! Mi corazón está triste por todas las cosas que no llego
a entender.

actividades

Argumento

Los hermanos de Mowgli

1 La tranquila vida de una familia de lobos se ve interrumpida por la visita de Tabaqui. ¿Por qué acude el chacal a la cueva de los lobos y de qué les informa? (págs. 9-11)

2 Papá lobo se lleva la sorpresa de su vida al saltar sobre una presa... que resulta ser un niño extraviado. ¿Cómo reciben papá y mamá lobos al pequeño? (págs. 14-17) ¿Cómo reaccionan cuando el tigre Shier Kan pretende que le entreguen al niño? ¿Qué le profetiza mamá loba al tigre? (págs. 16-17)

3 Para poder quedarse con los lobos, Mowgli debe ser aceptado por la manada: ¿Lo admite el resto de los lobos? ¿Quiénes salen en defensa del niño y qué razones aducen para no deshacerse de él? (págs. 21-22) ¿Qué opina Akela? (págs. 22-23)

4 Mowgli va creciendo y aprende a desenvolverse en la selva con la ayuda de sus padres adoptivos y, sobre todo, de Baguira y Balu. ¿Qué le aconseja Baguira? (pág. 26) ¿Sobre quién le previene? (pág. 27) ¿Qué le dice de los hombres? (págs. 24 y 28-30) ¿Por qué opina que los lobos quieren matar a Mowgli? (pág. 30) ¿Qué último consejo le da al niño? (pág. 31)

5 Mientras tanto, Akela va perdiendo fuerzas, y esa circunstancia es aprovechada por Shier Kan para soliviantar a los lobos contra su jefe. ¿Qué comen ahora los lobos jóvenes de la manada? (pág. 26) ¿Qué otro personaje se comporta como ellos? ¿Qué trampa le tienden los lobos jóvenes a Akela? (pág. 32)

6 El fracaso de Akela en la caza le hace perder la jefatura de la manada. Sin embargo, ¿cómo demuestra Akela su valor cuando su vida se ve amenazada? (pág. 36) ¿Cómo reacciona cuando el tigre exige que Mowgli le sea entregado? (págs. 37-38)

7 Pero el cachorro de hombre se defiende solo: ¿cómo lo consigue? (pág. 39) ¿Qué insulto les lanza a los lobos y al tigre? (págs. 39-40) ¿Cómo trata a Shier Kan? ¿Con qué lo amenaza? (pág. 42) Al final del cuento, ¿qué decisión toma Mowgli y cómo se siente por ello?

La caza de Kaa

1 Este cuento relata acontecimientos anteriores a la expulsión de Mowgli de la manada. En él se nos habla de cómo el niño es educado por Balu y Baguira. ¿Qué cosas ha de aprender Mowgli? ¿Por qué discuten el oso y la pantera negra? (págs. 47-48)

2 Balu descubre que Mowgli ha estado con los *bandar-log*, el pueblo de los monos. ¿Por qué Baguira y Balu tienen tan mala opinión de ellos? (págs. 52-54) ¿Qué le ocurre a Mowgli mientras descabeza un sueño? (págs. 55-58) ¿Cómo pone el niño en práctica las enseñanzas recibidas? (pág. 58)

3 ¿Cómo reaccionan Balu y Baguira tras presenciar el rapto de su protegido? (págs. 59-60) ¿De qué modo logran convencer a Kaa para que les ayude a rescatar a Mowgli? (págs. 64-66) ¿Es la serpiente el único animal que les ayuda? (pág. 68)

4. Los monos raptan a Mowgli y se lo llevan a las Guaridas Frías. ¿Cómo se comportan los *bandar-log* en esa ciudad abandonada? (págs. 71-76) ¿Qué opina Mowgli de ellos? (págs. 75-76)

5. Cuando Baguira llega a las Guaridas Frías, los monos arrojan a Mowgli a un recinto plagado de cobras: ¿Qué enseñanza pone en práctica de nuevo el muchacho? (pág. 78) ¿Qué están dispuestos a hacer Baguira y Balu con tal de rescatar a su amiguito? (págs. 80-81) ¿Cómo logra Kaa liberar a Mowgli (pág. 85) y someter a los monos (págs. 87-88)?

6. El rescate de Mowgli deja maltrechos a Baguira, Balu y Kaa. De todo lo ocurrido, ¿qué es lo que la pantera lamenta más? (pág. 90) En aplicación de la ley de la selva, ¿qué castigo le impone Baguira a Mowgli por su comportamiento? (pág. 91) ¿Lo acepta el muchacho de buen grado? ¿Por qué?

¡Al tigre! ¡Al tigre!

1. Tras ser expulsado de la manada, Mowgli se dirige a una aldea para buscar refugio entre los seres humanos. ¿Cómo reaccionan los campesinos al ver al muchacho? ¿Qué opina Mowgli de la gente? (págs. 97 y 102) ¿Qué aspectos de la vida de los humanos le sorprenden o le desagradan? (págs. 100-107)

2. Mowgli le canta cuatro verdades a Buldeo, el viejo y fantasioso cazador del pueblo, y el cacique, en represalia, obliga al muchacho a cuidar del ganado. Mowgli, sin embargo, se aprovecha de esa circunstancia para acabar con Shier Kan. ¿Cómo lo consigue y quiénes lo ayudan? (págs. 111-114) ¿Qué grave error comete el tigre? (pág. 111)

3. Buldeo pretende quedarse con la piel de Shier Kan: ¿Cómo reacciona Mowgli? (pág. 118) ¿Qué les explica el viejo cazador a los campesinos cuando llega a la aldea? (pág. 119) ¿Cómo actúa el pueblo entonces? (pág. 122)

4 Mowgli regresa a la selva con los suyos. ¿Qué reiterado vaticinio se cumple al final de este cuento? (pág. 125) ¿En qué situación se encuentran los lobos por falta de jefe? (pág. 125) ¿Qué le piden los lobos a Akela y a Mowgli? ¿Qué decide hacer el muchacho en adelante? (pág. 126)

Comentario

Shier Kan contra Mowgli

1 En «Los hermanos de Mowgli» y «¡Al tigre! ¡Al tigre!» se dramatiza el **enfrentamiento entre Shier Kan y Mowgli**. La lucha entre el tigre y el cachorro de hombre determina la **estructura** de esos relatos. ¿Cómo empieza el primer cuento y cómo acaba el último?

2 A lo largo de los dos cuentos se alude de continuo a la pugna entre Shier Kan y Mowgli. ¿Cómo prevén Baguira (pág. 22) y mamá loba (pág. 26) que acabará la contienda? ¿Quién informa al muchacho de los pasos del tigre? (págs. 100 y 106)

3 Perdida la ingenuidad, Mowgli muy pronto toma la iniciativa y **es él quien amenaza entonces al tigre** (págs. 31 y 34). ¿Con qué victoria (pág. 40) y qué presagio (pág. 43) concluye el primer cuento? Sin embargo, ¿es Mowgli en persona quien acaba con la vida del tigre al final?

4 La lucha entablada entre Mowgli y Shier Kan es la del **débil pero inteligente** contra el **fuerte y estúpido**. En ese conflicto, característico de los cuentos populares, se enfrentan también la **bondad** y la **malicia**, el **valor** y la **cobardía**, y **el cazador acaba por ser cazado**. ¿Ocurre así en los cuentos de Mowgli? ¿Cuáles de esos rasgos triunfan al final? ¿Te produce satisfacción ese resultado? Cita situaciones y episodios de los dos cuentos citados en que se demuestre **el carácter del tigre** (págs. 10-16, 36-37, 40 y 111).

5 ¿Qué **otros inesperados adversarios** encuentra Mowgli en su lucha contra Shier Kan?

Historia de un aprendizaje

1 Los tres cuentos de este libro son también la historia de la **formación de Mowgli**, desde que es un "cachorro de hombre" hasta que entra en el mundo de los adultos y se aleja de la manada de lobos y de los hombres. Aunque el niño es adoptado por dos lobos, en realidad **sus verdaderos instructores** son **Balu y Baguira**. ¿Cómo tratan al niño el oso y la pantera? ¿Qué carácter muestra cada uno de ellos en su defensa de Mowgli y en su trato con él? ¿Quién de ellos parece más tierno y sensible, quién más severo y quién más orgulloso? (págs. 21-22, 24-36, 47-54, 59-60, 65 y 81)

2 A lo largo de su proceso de aprendizaje, Mowgli consigue un **dominio** cada vez mayor de **animales y personas**, al tiempo que pasa de ser un **niño ingenuo** a un **adulto sabio** y **desencantado**. ¿De qué modo se manifiesta ese poder creciente de Mowgli? (págs. 14-15, 30, 38-40, 88, 107, 115, 120-122 y 126). La **inexperiencia** del cachorro de hombre, ¿qué consecuencias trae en el relato «La caza de Kaa»? Abandonar la infancia y convertirse en hombre, ¿cómo le afecta a Mowgli? (págs. 39-40, 42, 122-124)

3 Por su condición de ser humano criado por lobos, Mowgli tiene un **conflicto de identidad**. Mowgli quiere decir 'rana' y, del mismo modo que este animal es anfibio, **el muchacho pertenece a dos mundos**: el de los animales y el de los seres humanos. El "cachorro de hombre" se siente ligado a los animales con los que vive (por eso dice "nací en la selva, siempre he obedecido su ley y no hay un solo lobo al que no le haya sacado una espina. ¡Nadie va a decirme que [los lobos] no son mis hermanos!"); sin embargo, los lobos lo rechazan: ¿por qué? Y es que Mowgli no deja de ser un hombre: ¿por qué entonces lo rechazan también los campesinos?

4 Mowgli, en fin, pertenece a dos mundos y **a ninguno de ellos**. ¿Qué puede sentir alguien que se encuentre en esas circunstancias? ¿Es ése el caso de los emigrantes? La adolescencia es una etapa de la vida en que ya no se es niño pero tampoco adulto. ¿Cómo le afecta esa situación al adolescente?

La ley de la selva

1 Balu y Baguira adiestran a Mowgli en **la ley de la selva**. Esta ley la componen un conjunto de normas inspiradas por **la razón y el respeto al orden**. ¿Qué personajes representan una amenaza para la razón y el orden que exige la ley de la selva? ¿Por qué? (págs. 9-10) Según el narrador, la ley de la selva "nunca ordena nada sin ninguna razón": ¿por qué los animales no pueden comer carne humana? (págs. 11-12) ¿Qué riesgo corre quien se atreve a quebrantar la ley? (págs. 17 y 91)

2 La ley de la selva exige también el **respeto a la jerarquía**, la **obediencia** y el **cumplimiento de la palabra dada**. ¿Qué sucede cuando los lobos pierden el respeto por Akela? (págs. 26, 32, 34, 125) ¿Qué les echa Baguira en cara? (pág. 37)

3 Para mantener el orden y la cohesión sociales, la ley de la selva procura velar por el **bien común** e impone la **fraternidad** como norma de conducta. ¿Qué animales colaboran entre sí para auxiliar a un miembro de la comunidad en peligro?

4 Los habitantes de la selva valoran mucho la **libertad**, por eso Baguira se escapa de la jaula del palacio (pág. 28) y por eso a los lobos se les conoce con el nombre de "pueblo libre". No obstante, ¿saben los lobos jóvenes usar de su libertad? ¿Por qué?

5 La **moderación**, el **respeto a la organización social**, la **fuerza de voluntad** y el **deber del trabajo** son otros valores asociados con la ley de la selva. ¿Qué pueblo incumple todas las normas de esta ley? ¿En qué consiste su vida en comunidad? (págs. 52-54 y 71-76)

La sociedad humana

1 La sociedad de los **seres humanos** es vista en estos relatos desde la **perspectiva de los animales**; por ello se retrata a los hombres con **ironía** y **sarcasmo**. ¿Qué les ocurre a los animales que devoran seres humanos? (pág. 12) ¿Qué experiencia tienen Akela (pág. 18) y Baguira (págs. 28-30) en su trato con los hombres? ¿Qué puede esperar un animal de los seres humanos? (pág. 24)

2 Cuando Mowgli es expulsado de la manada, tiene ocasión de convivir con los **campesinos de una aldea**. ¿Con quién compara a los hombres cuando los ve actuar? (págs. 97-98) ¿Cómo reacciona ante sus creencias religiosas y ante la división de la sociedad en castas? (pág. 103) ¿Qué le molesta de sus hábitos (págs. 100 y 102), de sus conversaciones (pág. 102) y de las historias que se cuentan? (págs. 106-107)

Entre la ficción y la realidad

Niños salvajes

1 En *El libro de la selva* se narra la historia de un **ser humano criado por animales salvajes**. ¿Sabes si se ha dado algún caso en la realidad? ¿A qué personaje literario famoso le ocurrió eso? ¿Crees que un niño criado entre fieras aprendería el lenguaje humano con tanta facilidad como Mowgli?

Sociedad y creencias en la India

1 Como hemos visto, Mowgli se burla de algunas de las costumbres y creencias hindúes. Una de ellas es la organización de la sociedad en **castas**, grupos sociales socio-económicos muy diferenciados entre sí. En los cuentos se alude de pasada a los **parias** y —aunque no se los cita expresamente— a los **brahmanes**, la casta sacerdotal (págs. 97 y 103). ¿Qué lugar ocupan estas castas en la sociedad hindú? ¿Qué otras castas hay en la India y en qué se distinguen? ¿Está admitido legalmente el sistema de castas? ¿Qué opinión te merece ese sistema?

2 Baguira advierte a Mowgli que no debe matar ni consumir ganado porque la pantera compró la libertad del niño con un toro que ella cazó (pág. 26). Pero la verdadera razón de sus palabras es que **el ganado** —las vacas, en particular— **es sagrado para los hin-**

dúes. Sin embargo, el carácter sagrado de esos animales tiene razones prácticas. ¿Podrías investigarlas?

3 El fantasioso Buldeo les cuenta a los aldeanos que el cuerpo de Shier Kan está habitado por el alma de un malvado prestamista (pág. 106). Sus palabras responden a la creencia budista de la **transmigración o reencarnación** de las almas tras la muerte. ¿En qué consiste la transmigración de las almas? Según esta creencia, ¿nos podríamos reencarnar en un animal? ¿Crees tú en la reencarnación?

Los animales y su comportamiento

1 En los cuentos de *El libro de la selva* se nos habla del comportamiento de algunos animales. De **los lobos**, por ejemplo, se dice que tienen un jefe de manada cuyo liderazgo es disputado a menudo por otros miembros de la manada. ¿Qué razón de ser tiene esa lucha? ¿Es cierto, como se dice en el cuento (pág. 17), que los lobos a veces atacan hasta matarlos a los miembros más jóvenes de la manada? ¿Por qué? ¿Cómo cazan los lobos? ¿Se alimentan de carroña, como lo hacen los lobos jóvenes que siguen a Shier Kan?

2 **Los monos** de las Guaridas Frías son un ejemplo de *dewani* ('locura') y desorganización absolutas. ¿Carecen en realidad los monos de organización y jerarquía sociales? En este sentido, ¿son los langures (los monos del relato) diferentes de otras subespecies de monos?

3 Del **tigre Shier Kan** se nos ofrece una imagen muy negativa, cuando en realidad el tigre es considerado como el rey de la jungla india y un símbolo de valentía, vigor y astucia que resume toda la gracia de la naturaleza. ¿Ataca el tigre a los seres humanos en alguna circunstancia? ¿Qué puede inducirle a atacar al ganado? ¿Por qué lo hace Shier Kan? A principios del siglo XX en la India había

una población de unos 40.000 tigres; en 1972 quedaban tan solo 1.800. A la vista de estos datos, ¿quién parece la víctima y quién el cazador, el hombre o el tigre?

4 En los cuentos de este libro aparecen **dos tipos de serpiente**: la **pitón** en «La caza de Kaa» y la **cobra** en este último relato y en «¡Al tigre! ¡Al tigre!». ¿Qué aspectos de la conducta de Kaa (págs. 62 y 70) responden a la realidad de la serpiente pitón? ¿Qué poder y efectos tiene el veneno de la cobra? Los aldeanos de «¡Al tigre! ¡Al tigre!» tienen una cobra sagrada a la que dan leche (pág. 104). ¿Sabes por qué la cobra es un animal sagrado para los hindúes?